滄海叢刊

北美情逅

卜貴美 著

1981

東大圖書公司印行

行政院新聞局登記證局版臺業字第〇一九七號

中華民國七十年二月初版

北美情逅

基本定價貳元肆角肆分

著作者 卜貴美
發行人 莊剛彰
出版者 東大圖書有限公司
總經銷 三民書局股份有限公司
印刷所 東大圖書有限公司
臺北市重慶南路一段六十一號二樓
郵政劃撥一〇七一七五號

北美情逅　目次

人間仙境—夏威夷

擴音器播送夏威夷要到了，飛機馬上就要降落，空中小姐又再次的巡察旅客們的安全帶。我也下意識的摸摸自已的安全帶。雖然不是第一次搭飛機，但還是無法驅除內心的恐懼感。每次想到要坐飛機，心裏就惶恐萬分。

那事件對我的打擊太大，痛苦太深！也是我一生的轉捩點。唉！那些痛苦的往事，何必再去想它？辛苦了十幾年，現在總算熬出來了，這次參加旅行團到北美洲旅遊，應該輕鬆愉快的欣賞各地風光，不該老想那些往事，何況所有的事都已安排妥當，就是不幸飛機掉下去了，兩個孩子靠保險金和房地產等儲蓄，往後的日子也不會有問題。

往事一幕幕的又出現腦海，我強迫自已把它忘了。我跟隨人羣陸續下機。

夏威夷的海關檢查得真仔細，我除了自已換洗的衣服外，沒有帶什麼東西，因此很快就通過了。我第一個過關，走出去看見一位年輕小姐，穿著大花夏威夷裝來接我們，知道我是旅行團的，就叫我在門口等大家到齊後才上車。

不久一位四十多歲的男士揹著一個包包也走過來，我看到他時，驚奇得不敢相信，世界上真會有這麼相像的人！我的呼吸急促，心跳得又快又響，好像就要蹦出來似的，忍不住又盯著他看，每次看到他就像觸電似的一陣迷亂。雖然室內有冷氣，但我的鼻子和手心已開始冒汗，手也開始顫抖，每次緊張時，這些怪毛病就出現。一個女人這樣盯著異性看，是很不禮貌的，但我管不了這許多，何況這張面孔已消失了十五年！

「妳也是旅行團的？」他走到我身邊禮貌的問。我點點頭，目光還是停在他臉上。他放下揹包，拿出香煙。

「小姐抽煙？」我搖搖頭。

「第一次出國？」吐出第一口煙後，他問。

「出國好幾次了，不過美國是第一次來，您呢？」我的目光一直在他臉上打轉。開始談話後，心跳不那麼激烈了，不過還是無法像平時那樣自然。

「常來，一年最少來一次」他看看我，也許他覺得我好奇怪。

「那何必參加旅行團？已經是識途老馬了。」

「黃石公園還不曾去，以前每次來都爲業務，匆匆忙忙，這次的業務比較輕鬆，想到黃石公園玩玩。妳一個人出來的？出國前的聚餐，怎麼沒看到妳？」

「忙著出國沒空參加。我是單槍匹馬，聽說美國治安不好，沿途還請多多照顧。」我的情緒已穩定多了。尤其知道他也是旅行團的，心裏更加高興，以後天天可以看到他。

「沒問題，能照顧這漂亮的小馬，是老馬的榮幸，小姐貴姓？」他笑著說，還微微彎腰，那表情像個調皮的孩子。

「王，王思佳，您呢？」我也笑著說，覺得他好和氣。

「敝姓陳，陳立家」遞給我一張明片。

「哦？不是先立業，而是先立家？」我笑著說，像對老朋友說話的口氣。

「我立家，妳還不是也思家？」

「唷不！我思的這個佳，可不是您那個家。」我笑著提高聲調，他也哈哈大笑「反正都是一家。」

這一笑，拉近了我們的距離，十五年來第一次這麼不懷戒心的與男士談笑。我奇怪！爲什麼對著第一次見面陌生的他，一見如故，心裏沒有一點拘謹約束感？只有幾句的交談，却覺得心裏很愉快。

我高興有他同行，他不僅相貌酷似清泉，連神情幽默都像極了。我對他就好像是老友似的，難怪後來的團員們看見我們談笑，都問：「你們以前就認識？」

由於我們到達夏威夷的時間太早，不便先到旅舘，遊覽車把我們送到珍珠港，參觀阿里桑那號遺跡。

我們排隊要上船時，導遊告訴我們，不可高談歡笑，當地的人還很仇視日本人，他們分不清中國人和日本人，又聽不懂我們的語言，萬一誤以爲我們是日本人在譏笑或高興當時的珍珠港被轟炸，痲煩事就大了。

在岸邊牆上，到處還張貼着當時的報紙，這「歷史性」的報紙還在銷售，可見他們對珍珠港事件的痛恨！

一艘可載幾十人的船，把我們送到半沉的艦上。這艘巨大的軍艦，也是當年在珍珠港事件時被轟炸而沉入海底，但軍艦頂上還有小部分露出海面，他們在這頂上建一紀念亭，四週刻記著當時陣亡將士的身世。

到這裏的遊客，個個表情嚴肅，想像中他們正在輕鬆度週末之際，突然遭受偸襲，這些陣亡將士必定死不瞑目，心有未甘吧！

遊覽車又載著我們遊歷風光綺麗的歐胡島、鸚鵡園，可愛懂事的鸚鵡，學習人類的語言幾可亂真。

中午我們在一艘靜止的船上午餐，我們的領隊建議，上次出國聚餐時，很多人沒參加，彼此不認識，今後大家天天在一起旅行，利用這機會，大家自我介紹一番，由領隊開始，他說：「我叫馬士榮，你們叫我小馬好了，很高興有機會同大家一起旅行……。」

我小聲的對身旁的陳立家說：「你又多了一匹小馬。」

他笑著說：「這匹俊馬何需我？我只照顧妳這匹小馬而已。」

一位又矮又胖的四眼起立，「我姓羅，叫羅平，經營高雄鋼鐵工廠，第一次到美國來。男人出門最不方便就是衣服沒人洗，所以我帶了洗衣機來。」他指指旁邊的太太，大家哈哈大笑。

「我姓林，叫俊生，是臺中小兒科醫生，太太跟著我吃苦好幾年，這次是特地慰勞她的。」真羨慕林太太有這麼體貼的丈夫，難怪她笑得那麼甜。

一位老太太站起來用臺語說：「我的頭家姓周，我自已姓陳，我老母生太多孩子，不想再要了，所以叫我阿滿，我的頭家已經過世十多年了，我住在臺南，今天有緣和大家一起出國，心裏真歡喜，我第一次出國是要去看兒子，我的兒子在芝加哥，到芝加哥我就要和大家分開。以後你們到臺南來，一定要來找我。」我看了一下全團只有十七人，女性有六位，四對夫妻只剩下我和這老太太是單身，八成她是和我同房間的，看她鑾和藹可親的，但願很好相處。

「我姓高，叫明義，住臺北，建築業，各位要買房子或蓋房子，請不要忘記我。太太怕我丟了，所以也緊緊的跟著來……。」高太太也笑著說：「結婚以前，都是他跟著我，如今，風水輪流轉，變成我跟他了。」又是一陣笑聲。

「小弟叫田達霖……。」

「哦！Sweet Darling，你父母怎麼給你取個這麼甜的名字？」陳立家的腦子轉得真快，又是一陣大笑。

「是啊！小姐們叫我達霖，我樂得全身輕飄飄的，可惜她們只肯叫我小田。我經營電器業，也外銷到北美洲，這次的旅行，也想藉這機會開開眼界，瞭解國外市場。」看他剛三十出頭，是位年輕有爲的商人。

「我叫王德敏，進口西藥，賣膏藥的……。」個子高大，也許是那副金邊眼鏡的關係，顯得蠻斯文的。

「我姓何，叫羲明，住彰化，做小生意，這次和我的牽手出來，主要是想看兒子。兒子在紐約，三年前回去結婚，現已生了一個兒子，倆老想抱抱孫子……。」好福氣的人生。

「我叫黃榮豪，住臺北，做紡織生意……。」

「敝姓曹，叫文斌，住臺北，也是建築業的，各位如要買房子或蓋房子，不能只找高先生，我的價錢很公道，設計新穎、結構好……。」

「我姓梅，叫賀年，已經退休，這團大概是我的年紀最大，今年七十四歲。我每天早晨要走二小時的路，老伴已先我而去了，這次也是藉旅行看兒女。」這位老先生精神飽滿，雖已七十四歲，走起路來比我還快呢！

「敝姓陳，名立家，外銷雪衣和成衣。」

「陳先生是我們董事長的好朋友，因爲生意的關係，他每年都要來美國，已經是老美國通了，人很風趣又熱心，團裏有他，旅途一定不寂寞。」領隊小馬補充的說。

最後輪到我介紹，我只輕描淡寫的說：「我叫王思佳，住臺北，經營佳佳服裝公司。」

「妳就是經常舉行服裝表演的佳佳服裝?!我好喜歡妳們公司設計的衣服，不但料子好，式樣別緻。我們這種年齡的身材都不容易買到合適的衣服，只要到妳們公司，什麼胖的、瘦的、高的、矮的都買得到，妳好有眼光。我早就想認識妳，沒想到這麼巧和妳同團，真是太好了！」高太太這麼一嚷，大家另眼看我。

「其實中年人才真正有錢購買，只要她們喜歡的衣服，不管多貴還是照買不誤，爲什麼不多爲她們設計?」我笑著說。

導遊莉莉小姐說：「難怪王小姐的衣服這麼別緻，氣質非凡，原來是服裝設計家。」

經過簡短的自我介紹後，大家好像除去了陌生感。

從臺北起飛，在空中飛行了十幾小時才到達，沒有休息馬上接著觀光，因此下午住進旅館後，沒有安排節目，讓我們好好休息。

晚餐我們在海濱的餐廳吃自助餐，有各式各樣的菜肴、水果、飲料，隨我們選。我捧著自己挑選的食物，坐在露天的餐桌上。陳立家也過來和我對面而坐，我們一邊欣賞小型樂隊的表演，一邊欣賞海洋的衝浪，偶而我們目光相遇，微笑無語，慢慢的享受這豐盛愉快的晚餐。

何太太和小馬慌慌張張的東張西望，原來何先生走丟了。大家到達餐廳後，才發現少了何先生，小馬要何太太先吃，他去找，但是她不肯，先生不見了她那吃得下，也要一起去找。不久看見三個人一起回來，大家才放心。

田達霖說：「真危險，才出來第一天就被夏威夷小姐迷去了。」

「何太太要跟緊一點，要不然被夏威夷小姐帶去，妳就慘了。」高太太笑著說。

「何太太以後走在路上，隨時挽著何先生，他就會乖乖的跟著妳走。」陳立家也笑著說。

晚餐就在這輕鬆愉快的氣氛下進食。餐後，有人提議去看「洗眼睛」的電影。這電影不在旅行項目內，要自己額外付款，既然大家都要去，我也跟著去。

莉莉說：「只有一點點黃。」去見識見識吧。

車子停在廣場，我們大夥浩浩蕩蕩的又走了一段路，在一間門面不起眼的小戲院前停下來，當我們進去時，銀幕上正放映著影片，原來是小小電影院，所謂「洗眼睛」就是我們國內禁演的黃色小電影。還有真人現場表演呢！還未散場，我們都一個個溜出來，實在不欣賞，毫無美感或藝術可言。

我們去逛國際市場，遊客好多，夏威夷的特產、服裝、用品等琳瑯滿目。快速剪影的技術表演，三分鐘就可把顧客的倩影，剪得維妙維肖。

「王小姐，妳也讓他剪一張吧，妳的側影很美。」陳立家說。

我搖搖頭，「我們去吃冰淇淋好不好？」我突然童心大發。拿著冰淇淋邊走邊吃。

「沒想到妳也像個野丫頭似的。」陳立家笑著說。

「這裏又不是臺北，沒人認識。」我輕鬆的笑著答。

「妳笑起來真甜！和妳在一起很愉快，活潑又大方，妳先生是做什麼的？怎麼放心讓這麼漂亮的太太一個人出門？」

「那有什麼不放心的！你就不說，是我不放心他，把他留在臺北？他是……做生意的，沒空陪我，只好自己出來囉。」我最討厭人家問我先生的事。每次總要編一些故事。在國內，人家問我，我總是說他在國外留學，現在自己出國了，只好說是做生意啦。以前只要提到他，心裏就難受得不得了，現在已習慣了，整整十五年了，不習慣，我怎麼過日子？

這裏的遊客很多，世界各地的觀光客都喜歡到這兒渡假，這裏的氣候是那麼涼爽舒適，樹木花草又是那麼翠綠艷麗，芬芳的花兒，一串串，一朵朵的掛在少女、艷婦的胸前與髮際。路邊小型的樂隊，歌聲嘹亮，散向四方。

許多觀光客，不論男女也入地隨俗的穿上大花的夏威夷衫，女的是寬大長到脚背的「慕慕裝」。我們漫步街上，路邊的椰子樹、棕櫚葉隨風輕搖，羅曼蒂克情調，洋溢著這美麗的人間仙境！

陳立家始終陪著我，如果現在身旁的他，真是我心裏的他，該多美！我搖搖頭，希望把腦海中的影子給搖掉。

「怎麼啦？不舒服嗎？」他關心的問我，一陣暖流湧上心頭，好感激他的細心，我想：「他的太太多幸福！有這麼體貼的丈夫。」

清晨，我獨自小立海濱，這裏的清晨是那麼寧靜迷人，我漫步海邊，貪婪的吸收甘甜清新的空氣，陣陣海風迎面吹來，令人心曠神怡。Waikiki 金黃色的沙灘上，一對對的情侶仰躺著娓娓細語，有的在海濱嬉水，有的隨波濤衝浪，把這寧靜的海濱點綴得更加生動。

遠遠的，他的影子向這邊跑來，我心裏一陣歡喜，却故意裝著沒看見，低著頭把裝了許多細沙的涼鞋脫掉，用手弄乾淨後再穿上。

「早！我去敲妳的門，想約妳出來散步，沒想到妳早已出來了，怎麼起得這麼早？昨晚走累了吧？」他還氣喘喘的說。

「這麼美的地方，不出來欣賞多可惜！何況明天就要離開了，我好喜歡這裏，可惜停留的時間太短了。」

「喜歡！以後還可再來嘛！」

我對他笑一笑，心想要花我多少旅費呀！

我們沿著海濱散步，他突然停下脚步。「妳站在這裏，我替妳照張相，這背景很美。」他對著鏡頭：「哦！人比景色更美！」

像觸電似的又被刺了一下，這句話以前清泉也常在照相時對我說過。

想到清泉，忽然有個念頭，何不找他合照一張？我把手腕的小照相機取下。「用我的照相機，我和你合照一張好不好？」我徵求他。

「好呀！」他高興的說：「妳的小照相機效果不好，用我的比較清楚。」

「不！用我的，我才照，用你的，我不和你一起照。」我固執的說。

「用妳的，用我的，還不是一樣？」

「既然一樣，就用我的。」

「好吧！聽妳的。」他無可奈何的搖搖頭。「好的相機不用，非要用妳那玩具小照相機，真想不通！」他一定覺得奇怪。

我們請一位過路人替我們照，他以爲我們是夫妻，叫我們親熱一點，我索性手挽著他的手臂，親蜜的依偎在他身旁。謝了那陌生人，拿回照相機時，他說：「這照片，不會有問題吧？」

「這就是爲什麼一定要用我的照相機照，我不會有問題，我怕用你的，你太太看了給你增加痲煩。」

「妳先生身高體重多少？比我壯的話，我慘了。」

「放心，他長得很像你，比你小一號。如果他知道了，感激你還來不及呢，還擔心被揍?!」我故意逗他。「我要把這張相片放大，擺在梳粧台上。」看他滿臉的迷惑。我笑著說：「放心！

我真的一點問題都沒有，我只是擔心你有問題，所以堅持一定要用我的照相機，懂嗎？」他一定不懂，爲什麼我故意和他照一張這麼親蜜的照片，其實我們並非如此，就讓他去奇怪吧！說不定，有一天，我會向他傾訴我的一切。

夏威夷的草裙舞馳名世界，跳舞的少女們，把紅花戴在長而烏黑的秀髮上，一串象牙黃的大花環掛在頸上，一條條的草裙，隨著音樂在少女身上搖擺著。他們赤著脚，在草地上熱情愉快的歌舞。

「Aloha」清脆悅耳的聲音，在這美麗的島上到處可聽見，它代表著「歡迎、祝福、再見、我愛你……。」

夏威夷的清歌妙舞是屬於大衆的，就是六十多歲的祖母，也穿著大花的「慕慕裝」，在歌聲中擺動她那肥胖的身體，看個個人的臉上都充滿著安祥愉快、熱情友善。

我們參觀了國家公墓、鑽石角、水族舘後，便在前面的公園野餐，在樹林下吃著簡便的午餐，大家相聚一起，嘻嘻哈哈，每個人似乎都年輕了許多。

夏威夷的花、草裙舞、音樂、氣氛敎人陶醉！夏威夷的清晨、黃昏、夜景敎人懷念！

凡到過夏威夷的人，沒有不贊賞，思念夏威夷的美、活潑青春的氣息和羅曼蒂克情調。

我們在一聲「Aloha！」依依不捨的揮別了這人間仙境。

外樂內憂的他

在夏威夷短短的兩天遊歷，陳立家幾乎都在我身旁，因此，在機場要飛往舊金山時，小馬就把我們的坐位安排在一起。我喜歡聽他風趣幽默的談笑，和他在一起，覺得好愉快。我們天南地北的閒聊。

也許坐太久了，覺得腳酸痲得難受，他把他的揹包放在我的腳下。「給妳墊腳，可能會舒服一點。」我投以感激的目光，他設想得真週到。

一向我不願與人親近，尤其這十五年來，與舊時朋友失去聯絡，新認識的朋友，也只是淡淡之交。我知道很多人說我高傲不易親近。我不得不把自已孤立起來，尤其是對異性。但是爲什麼我對身旁的他這麼特別？見到他的那刹那，就像見到多年不見的老友似的。他會覺得我太隨便？以爲我都是以這態度對待別人？我閉目假寐，腦子裏想著好多事，他輕輕的把毯子蓋在我身上，好體貼的舉動，我看了他一眼。「我把妳吵醒了？」

「我沒睡著，只是休息一下。你太太好幸福，有這麼體貼的丈夫。」

「唉！她要會這麼想就好了。妳一定以為我生活得很快樂吧？整天嘻嘻哈哈的。」

「難道不是？」

「一個自卑感重的人，往往自尊心特別強。一個內心痛苦的人，往往外表裝得很樂觀……

……。」

他真是說到我心坎裏了，我何嘗不是？現在誰不說我幸福、快樂？但是內心的苦，誰會瞭解？

「在她沒病以前，我們生活得還算不錯，得病之後，性情完全改變，情緒很不穩定。我想她生病，總是讓著她，但是她却愈來愈變本加厲，有時，連孩子都難以忍受。」

我輕輕的問：「她得什麼病呢？」

「唉！半身不遂已躺了五年多了，脾氣一天比一天壞，服侍她的人不知換了多少，她常常嚷著不願活下去。我在工廠忙得精疲力竭，回到家，她還發我脾氣，歇斯底里大嚷大叫的砸東西。有時，我真怕回家。值得安慰的是，我二個孩子很體諒我，又孝順，兄妹倆去年考上大學後，一直要我出國旅行，散散心輕鬆一下。以前我出國，業務接洽完，我馬上就飛回去。這次他們再三要我多玩玩，暑假他們陪著媽媽。我最喜歡旅行，出來看看大自然風光和美的景色，暫時會把煩惱拋開，林董事長知道我要來美國，剛好他們也有一團要到北美洲旅行，就要我參加這團，也好幫一點忙，沒想到認識妳，真高興！」

每家都有本難念的經，原來他也有滿肚子的苦水。

「你的孩子好懂事，好像在特殊環境中長大的孩子，都要比一般的孩子懂事、孝順也世故。」我自己的孩子不也是如此！

「妳有小孩嗎？」我點點頭。

「幾個？」

「和你一樣，兩個。也是一男一女。」

「多大？」

「剛考上高中。」談到孩子，心裏一陣驕傲和滿足，在堅苦的環境中，他們沒有讓我失望，不僅孝順懂事，也知道努力用功，都考上第一流的高中。

有他在身旁，七個多小時的飛行，覺得過得好快，心裏對飛行的恐懼感也減輕了。

大家都準備下飛機，我還坐著沒有起來的意思。他一副淘氣的表情說：「小姐！妳……那……墊脚的，可以還我了吧？」

我才想到自己兩脚還踩在他的揹包上。

愛情起步舊金山

傍晚，我們抵達舊金山。提到舊金山就使人聯想到淘金的熱狂，一八四九年在西部發現金礦，成千上萬採礦者湧到舊金山，當金礦挖完後，舊金山也成了海港。

小馬邊走邊點人數，周老太太問：「這裡有什麼？來這裡要看什麼？」小馬笑著答：「歐巴桑，這裡有好多金礦，您老人家有福氣，會檢到大金塊！」

「你來了這麼多次，已經檢到多少塊啦？」老太太笑著說。

「我每次來，都忙著點人數、找人，眼睛忙得都沒時間看地上，連金塊被我踩到了還不知道好檢，真可惜！」小馬打趣的說。但眼睛忙著在尋找其他團員。

「我在前面帶路，你在後面找他們，我們在領行李地方會合。」陳立家對小馬說。因此小馬就落在後面，我們幾個先去領行李。

當地的導遊已在那兒等我們了，一切領行李的任務就有人負責，這也是參加旅行團的好處。行李、旅館、車子、餐點等一切，都有人安排，不用操心。我們只要跟著領隊走就行了。唯一不方便之處，就是喜歡的地方，想多看多玩，却因時間事先安排好了，不得不照著行程走。

舊金山的道路是起伏不平的坡地，有些街道的坡度很大，汽車司機的駕駛技術頗佳。路旁的房屋像梯田式的一層高於一層，其格調新穎、美觀大方。

舊金山的氣候，涼爽舒適，在炎熱的夏天，我們穿上毛衣和風衣還被冷風吹得顫凜不已。此地人種多而複雜，市區集中。銀行、海運最發達，全世界最大的美國銀行總部在此，觀光事業也相當興盛。

行李放進旅館後，我們步行到唐人街，在這熱鬧的山坡街道上，來來往往的幾乎都是黃色皮膚，商店的招牌又都是中文書寫，講的是廣東話，國語也講得通，使人不覺得身在異國他鄉。

中國菜，走遍世界各個角落都可吃到，此地的中國餐館到處林立，餐館幾乎家家客滿，看到那麼多外國人士欣賞中國菜，心裡有說不出的欣慰。

餐館裝飾得古色古香，有的宮燈懸掛，裝潢得富麗堂皇，很能表現出中國的風格。外國人吃中國菜，有的用筷子，也有的用叉子。餐館老板和服務生聽說我們是從臺灣來的，態度特別親切殷勤。

飯後我們幾個人逛唐人街。手工藝品店、中藥店到處皆有。梅老先生想買花旗參，何太太要買鮑魚，還有人要買其他中藥，因此陳立家帶我們到一家規模蠻大的藥店，大家忙著在選購。以前我從來不懂得吃這些玩藝兒，也不知道要怎麼吃，到底有沒有效？林太太在選三鞭丸，「這要做什麼？」我好奇的問她。

「別那麼大聲，給先生補的，妳要不要？」她小聲的說。

我搖搖頭，心想買回去給誰補？「林先生是西醫，妳這太太却相信中藥。」我笑著說。

「王小姐，妳過來幫我算算看，對不對？」周老太太拉長脖子在叫我。

「妳買這麼多花旗參做什麼？」我擠到她身邊。

「給我兒子、女兒補。」我幫著她算錢。

田達霖說：「歐巴桑，妳自己才應該補呢！這個老人家和小孩吃才有效，年輕人吃，效力顯不出來，太可惜了。」

我帶著懷疑的口吻：「真的有效嗎？」

梅老先生說：「年輕力壯的不用吃，老人和小孩或病後的人吃了，有吃有差唷！」

既然這麼有效，我也買點回去孝敬老人家。

高太太說：「鮑魚、洋蟲和枸杞一起燉，早晚吃，對眼睛非常好，吃了眼睛會發亮。」難得出國也買點吧。

「王小姐不用買了，妳的眼睛已夠亮的了。」田達霖說。

我們邊選邊聊，店裡四個伙記，忙得團團轉，我替周老太太算錢還要折算臺幣多少算給她聽，老人家每買一樣東西，就要問：「算我們的錢是多少？」問多了，實在煩人。陳立家知道我也想買鮑魚、洋蟲那些，便走過來，當周老太太的電腦，有問必答，樂得她直誇：「陳先生人真好！」

我們買得好樂，顧、主皆大歡喜。

第二天，我們去參觀美國聞名的加州大學，學生來自世界各地。校內廣闊，校園內到處栽植樹木花草，校內有一座鐘樓，我們搭乘電梯而上，在鐘樓頂上，四週都是透明玻璃，可以俯瞰大學的景色。

漁人島是舊金山著名的觀光地區之一，它是漁港，碼頭停舶著許多各型各樣的漁船。我們搭上遊艇，遊覽金門灣的風光。

有的人坐在輪艙內，有的站在甲板上。我喜歡吹吹海風，站在甲板上，視野開闊，看得心情舒暢。

風很大，我用三角巾絆在頭上，田達霖讚美的說：「好瀟洒！」

「你說我稍傻？」我笑著說。

「王小姐結婚沒有？」王德敏問。

「本家想替我做媒？聘金分你一半。」我打趣的說。

「我們這裡就有兩個單身漢，小馬和我都沒結婚呢。」田達霖興奮的叫。

「算了吧，小老弟！我還不想嫁個小丈夫呢！」我笑著說。

「本家妹妹，妳還沒超過三十吧？」王德敏問。

「你戴的不是老花眼鏡吧？還是霧裡看花？窮拿我開心？」雖然嘴巴這麼說，但心裡卻有一絲絲的得意。每次人家猜我的年齡都要比實際的年輕好多。

「妳是幾年生的？」田達霖問。

「女人的年齡是秘密，怎麼好問呢？」陳立家說。

「就是嘛！真不懂事，你看我像幾歲就幾歲好了嘛。」其實他們只要到小馬那裡一翻，資料全有。

早上的天氣陰暗，細雨霏霏，在金門灣上望著遙遠高聳的建築物，在朦朧的霧中，隱約可見，增加幾許神秘。

中午我們在碼頭午餐，那裡有許多餐廳，擺設著許多龍蝦、蟹、蚌和各種不同的魚類，應有盡有。本以爲可大大品嚐一番，但是端出來的只是一小塊魚而已，真失望，導遊說：「這裡的海鮮，好看不好吃。」我想是價錢太貴吧！這也是參加團體的缺點之一。

金門公園是美國著名公園之一。遊覽車行駛其間，導遊告訴我們，金門公園是由蘇格蘭人開發的，以前是一片沙地，經過八十五年的細心經營，改變沙地的土質，現已是一片綠油油的樹林。路旁濃蔭低垂，園內有規模頗大的博物館。

遊覽車沿著海灣行駛，天氣逐漸晴朗，導遊要我們注意海中不遠處有許多岩石，在那岩石上停棲著許多海狗，偶而傳來幾聲汪汪的叫聲，給海灣增添幾分樂趣。

金門大橋聞名世界，它是一座世界最長的吊橋，在橘紅色的橋身中，只有中間一座橋樑，橫臥在萬里晴空與蔚藍的海水上，顯得多麼傑出雄偉！

金門灣橋是連絡舊金山與奧克蘭的要道，這座橋還要長，橋分上下兩層，第一次經過時，我們的車子走下層，回來時走上層，汽車在橋上行駛，正好欣賞金門灣的景色。金門灣橋比金門大橋還要寬，橋上有六線道。對岸舊金山市的建築物，高聳雲霄，極爲雄壯，金門灣橋漆成鐵灰色，夜幕低垂之際，橋邊兩旁的路燈，輝煌照耀，反映在橋下的水波，呈現一片金光閃爍的畫面。

晚餐後自由活動，一羣男士們又要去「洗眼睛」、逛夜市。陳立家找我逛街。「明天就要離開了，再去欣賞舊金山的夜景吧！」

「你不同他們一起去？」

「沒意思，千篇一律，他們是第一次出國好奇，尤其在國內看不到，就更想看，像這裡的人，會想看嗎？」

我們並肩而行，漫步在斜坡街道上。

「他們幾個在打聽妳，問我妳先生是做什麼的。」

「你怎麼說？」我急著問。

「妳只告訴我，先生是做生意，其他我什麼都不知道。」

「你想知道？」我不大高興的聲調。

「如果妳不想說，就不要說，我只認識妳就行了，管他做什麼！對不？」我對他嫣然一笑，鬆了口氣。

「我們買點櫻桃好不好？我好喜歡吃，每次到香港遇到有櫻桃的季節，總要吃個過癮。」我們停在水果攤前，買了一大包，他又向老板要了一個空紙袋。

「要不要邊走邊吃？」他問我。

「好呀！子怎麼辦？」總不能隨地亂丟啊。

「喏！早準備好了。」他笑著拿著那空紙袋，想得真週到。我們邊走邊吃邊聊。

「你可要記住方向唷，別走遠了迷失方向，回不來，我最不會認路，在臺北還曾經迷過路呢！我只要進去店裡，出來就忘了要往那一邊走，我對方向非常差勁。現在怎麼回旅館，我就不知道了。」

「這樣最好，妳非跟著我不可。」他笑得好得意。

「我知道你是老好人一個……。」

「那可說不定唷！唉！我倒希望自己真的迷失方向。」後面那句說得很小聲，我裝著沒聽見。

「這櫻桃又甜又脆，百吃不厭。」我故意把話題引開。

「我們出來才第五天，才認識五天而已！爲什麼妳給我的印象這麼深？睡覺時，閉著眼睛妳的影子就出現了，揮都揮不去。醒來睜開眼睛就急著想看妳，妳真是害人不淺唷！」

「我不想害人，以後你和我隔得遠遠的。」我笑著說，表面上顯得好平靜，但是我內心的起伏，比這舊金山的街道還要大！難道這就是一見鍾情？

我欣賞愛情即將起步的時刻。我追尋愛情，也享受過愛情，那令人廻盪忘魂的情趣，誰不欣賞？但是這一見鍾情的愛，來得太倉促，太突然，也來得不是時候。

「哦不！我不但不和妳離得遠遠的，在旅途中，還要盡量把握我們在一起的時刻。」他急著說。

「你不怕人家說話？」我笑著問：「不怕挨揍了？」

「管它那麼多，爲了妳，揍死也願意。」

「別說傻話了，那是年輕小伙子說的。」

「妳嫌我老了？」他拉長聲調。

「說到那兒去了嘛！還真像個沒成熟的孩子。」我輕鬆的口氣說。

「我自已也覺得奇怪，在社會混了這麼久，什麼場面沒見過？什麼樣的女人沒碰過？從來就不會這樣神志不清。越跟妳在一起就越喜歡妳……。」

「好像在背臺詞，以前用過？」我故意逗他，其實我又何嘗不是同他一樣的昏頭轉向？

「真拿妳沒辦法！」他搖搖頭也笑了。

「這裡治安不好，回去吧！」我不想走了。

「有我在，不用擔心，冷不冷？」他準備脫下西裝給我披上。

「不用了，你裡面那件蠻薄的，脫了會感冒的。」我堅持不要他脫，我已經穿件毛衣，不過我一向比一般人怕冷。無意中碰到我的手，他就乘機握住。「這麼冰的手，還說不冷呢！」帶有責備的口吻，卽刻脫下他的西裝給我披上。我不安的說：「希望你不要感冒，否則我心不安。」

我們走回旅館，剛好遇到曹文斌他們，我趕快把西裝脫下還給他。

「英雄照顧美人！應該的，應該的。」

「陳先生好冷呀！鷄皮疙瘩都起來了。」

陳立家也笑著回答：「但是我的心不冷啊！」

鬼屋驚魂・情更濃

早晨我們到達廸斯耐樂園前的廣場，遊客好多。導遊發給我們每人一本入場券，分爲ABCDE五種不同顏色的票，英文字母愈後面的票價反而愈高。要搭乘各種玩具時，撕下票給他就行了。

首先我們撕下黃色D的票，搭上最古老的火車。司機穿著小孩背帶型的工作褲，表情滑稽，不時爲火車加煤添水，老爺火車載著我們環繞樂園全景，這鐵軌就建在樂園的最邊緣部份，樂園的正中央是個圓的廣場，周圍又分爲大街、明日樂園、幻想樂園、原始樂園、冒險樂園等五大部份。在原始樂園與冒險樂園之間，又有小部分的熊區和新奧爾良廣場。

美國全景就濃縮在這樂園裡。火車經過冒險樂園時，一個驚險的鏡頭吸引了許多遊客的注意。一棵乾枯的半截樹幹上，五個獵人爬滿樹幹，最下面的那個獵人離地面最近，樹幹下有隻饑餓而兇猛的犀牛，眼見犀牛的角就要衝撞到那位獵人的屁股。還有兩隻惡犬向樹幹上的獵人「汪、汪」的吠著，每個獵人都想再往高處爬，尤其是最下面的一個，但是最頂端者已無處可爬了。五個驚恐萬分的獵人，在兇猛的犀牛吼叫與惡犬的汪吠，相依爲命的擠在搖搖欲墜的半截枯幹上，每個遊客莫不替那五個獵人捏一把冷汗。

從遊客「哈哈」的笑聲中，恍然大悟，原來那些獵人和動物全是假的，做得太逼真了，幾乎難以分辨。

火車進入原始樂園，這兒有一億五千萬年前的恐龍，有的在原始森林中，有的在水池裡悠哉的咀嚼青草，有的低頭飲水。牠們平靜安詳的神態，顯得多麼可愛。

再往前走，進了山谷，幾隻恐龍在戰鬪，張牙伸爪露出猙獰兇惡的面目，顯得多麼醜陋恐怖。

最受人歡迎而令人愉快的是幻想樂園，這兒有睡美人的城堡，有杯型的玩具，有小小世界等等。在這裡所聽到的都是輕鬆愉快的音樂，把我也溶入在這快樂的世界中。

火車進入明日樂園裡，最引人注意的是馬特合恩峯，它是阿爾卑斯山中之一高峯。遠在義大利及瑞士的邊境。既然也出現在此。高峯上還白雪皚皚，目標顯著，使人一眼即可看到。

火車出沒在輕鬆與緊張的樂園裡，一會兒又進入岩石山洞，一會兒又駛入雄偉壯觀的大峽谷。一路上的景色是那麼珍奇異物，有最古老的動物，最原始的森林，有幻想與未來的世界，應有盡有，令人目不暇視。

從老爺火車下來，我們走進新奧爾良廣場，排隊搭乘小汽艇，每艇有五排，每排有四個人，小汽艇不需要人駕駛，汽艇底下有磁輪，沿著人工小河的軌道而行，忽急忽緩，忽上忽下，有時衝得很猛，濺得我們一身潮濕。

一羣海盜光臨酒店，搶走了值錢東西，却把店主和顧客用繩子絆住，有的顧客嚇得躱進大酒桶，可惡的盜賊却在飲酒作樂，真是罪該萬死！

一座座堆積如山的真珠財寶、金銀錢帛，將陰暗的洞裡，反映得閃閃發光，原來海盜們到各處搶刼來的贓物，都藏在這裡，有名貴豪華的衣料、手鐲、項鍊……令人看得眼花撩亂。在這些珠寶上面，却躺着幾具骷髏，爲分贓物引起的自相殘殺？

小汽艇又進入火焰中，一棟棟的木屋正在燃燒，我們却危險的從火焰中穿過，頭頂上的樑柱隨時都可能掉下來。這一切的一切都是假的，但是却逼真得使人難以分辨，離開海盜洞穴，每位遊客莫不喘一口氣！

然而導遊却說：「更緊張的還在後頭！」我們進入鬼屋，據說鬼屋裡有九百九十九個快樂的小鬼、食屍鬼和小妖精等。有人嚇得想打退堂鼓呢！

我們坐的椅子會自動旋轉，我膽子很小，不敢坐在外面，盡量往裡面靠，陳立家坐在我的外面，看我不時的抓拳頭，他說：「別怕！有我在，那些都是假的。」

我當然知道是假，但是那氣氛、音響實在太逼真了。陰暗的洞內，無數的妖精與惡鬼出現在墳墓上。有個老人拿著鐵剷，提了油燈，後面跟著一隻狗，正往墳墓走去，半夜三更，莫非想挖墳？棺木蠕動，鬼魂爬了出來，燈光灰暗成銀白色，再加上妖魔鬼怪的慘叫，好像隨時會出現在你的周圍。前排的高太太一聲慘叫，接著林太太也尖叫，鬼魂和遊客的叫喊打成一片，我也被感染得毛髮豎立。啊！……。一個骷髏頭出其不意的在前面向我飛來，我嚇得低下頭，抓住陳立家的手臂，他趕緊把我摟住，本以爲坐在裡面的位置不會有鬼魂出現，沒想到它們是飄盪在空中。

骷髏頭飛過去了，我也坐直了，不過我們的手還緊緊的握著，他的手好熱，我的手心也濕熱著，陣陣激烈的心跳，久久不能平靜，是因爲那驚人恐怖的氣氛？還是因爲我們的手傳達心聲？

我們又到原始樂園乘油輪，岸上又有海盜在殺人，土著的帳篷被搗毀，水中有鱷魚來侵襲。最原始的部落集居一起，各人掌管自己的任務，狗在旁邊悠哉的搖動尾巴。碧藍的水上有許多蜻蜓飛過。石山流水，兩岸樹林茂密，遠處傳來古老的民謠，此處不見屠殺，一片和祥寧靜，岸上的松樹、楓葉隨風飄搖，多麼詩情畫意。

我們又進入幻想樂園，隨著音樂的節拍，每個人都輕鬆愉快起來。裡面有代表世界各國的娃娃，穿著各國的典型服裝，表演各民族的典型舞蹈，小小的模樣多逗人喜愛。

我們在餐廳吃過午飯。原來這家餐廳是設在海盜洞穴裡，不論是白天或晚上燈光都非常昏暗，在岸邊還有月光呢！剛才嗅到的咖啡香味，是來自這餐廳，所看到的侍女原來是真正的人呢！

廸斯耐樂園的全班人馬，每天下午三點和晚上十點，全體出動在大街遊行。白雪公主，七個小矮人，米老鼠……等等。都在大街上遊行表演，與遊客照相。我也照了許多，陳立家問我：「渴不渴？」我點點頭，他看我還在找鏡頭。

「妳不要走遠了，我去買飲料。」

我照了小矮人、米老鼠、白雪公主的照片，孩子們一定很喜歡。在陽光下忙得我滿頭大汗，不久他兩手捧著冰淇淋和可樂。「太棒了！吃完冰淇淋再喝可樂，你怎麼知道我愛這樣吃的？」我好高興。

「心有靈犀。」他笑著說。「看妳樂得像小孩似的。」

我真的玩得好高興了，有他在身旁，我什麼都不用擔心。十五年來第一次這麼輕鬆愉快，毫無責任在身，盡情的歡樂。尤其是在愛情起步的時刻，我的心境快樂得像初戀的少女，所看到的景色都美得無法形容，都因爲自已心靈覺得太甜蜜了，被愛是多麼幸福快樂！這十五年來雖也被愛過，但是只單方面的被愛，而自已不愛對方，那種愛只是一種沈重的負擔，也讓人厭煩。

這遲來的愛情，來得太突然！來得令人措手不及，爲什麼？是因爲他酷似清泉？是清泉的化身？也許是，也許不是，我自已也不知道，我只知道同他在一起很快樂。出國後，我不用吃安眠藥，每晚都睡得好熟。想到他，心裡就覺得好甜蜜，常常無緣無故的微笑。

「妳笑什麼?」他笑著問。

「心有靈犀的話，你應該知道!」我瞄了他一眼，他哈哈大笑。

小馬向我們招手，在歡樂的氣氛下，我們上車告別了這令人難忘的廸斯耐樂園。

遊歷環球製片廠

次晨，我們搭遊覽車去遊歷環球製片廠。當我們跟隨着長龍陣前進時，導遊笑着說：「最好別進去參觀，否則以後看電影時就不會那麼緊張刺激了。」

我們坐上中型的街車，在製片廠內的街道上行駛，每一部車有一位外國導遊，爲旅客們講解說明。街道井然有序。

街道兩旁的建築物虛有其表，而無其實。外表搭蓋漆上油漆裝飾得十分美觀，但是沒有內容。每一棟房子只有門、窗，但是你從豪華或美觀的門進去後，却一無所有，這些僞造的房屋只有一面。後面只是許多木架子釘住而已。然而你從這些街道經過，看到兩旁盡是一棟棟美侖美奐的花園洋房呢。

爲攝影的方便，這些街道又分爲許多部份，將街道裝飾得像世界著名的許多大城市，有紐約街、唐人街、芝加哥、羅馬、墨西哥等等。如果要拍攝羅馬的背景，明星只要在這製片廠內的羅馬街道拍攝就行，不須老遠的飛到羅馬去。廠內的唐人街，街道上的招牌都是中文，使人有親切之感。

車子經過桂河大橋，木橋的外型已破舊得令人擔心是否能承擔車子的重量。果然不錯，木橋已發出吱吱喳喳斷裂的聲音。車子駛到橋中，「啊！橋斷了……。」緊張的遊客嚇得大叫特叫。雖然木橋斷了，但是車子照樣行駛，我們都擔心車子會開到橋下，遊客們還在緊張得瞪着大眼睛之際，車子却又平安無事的駛過，當我們離開木橋時，那幾根倒在水中的柱子，却又自動的恢復原來的位置。

車子向荒野中行駛，忽然一陣驚天動地的巨響，天啊！山上的巨石滾滾而下，在那麼大堆的亂石撞擊之下，不被活埋才怪！定眼一看，原來滾下來的石頭是用保麗龍做的，經過技巧的塗上顏色，與真的石頭沒有兩樣。

車子開到了河邊，不僅沒停下，還照樣向水中前進，莫非我們搭的是水陸兩用車？說也奇怪，當我們的車子前進時，河裏的水漸漸退了，突出一條道路讓我們通過，但是左右兩旁的水，還是一點沒減少。我們名符其實的在水中行駛。原來摩西在電影中，走到河邊，向上帝禱告後，這河水就如此的自動退讓而使人民能從容通過。

車子進入鄉野，頓時雷電交加，在大雨中，一棵枯的樹木，被大風吹得連根拔起。這破舊的茅舍，在風雨中倍加無限淒涼。

不久，雨停風止，倒在地上的那棵枯木，又自動的立起來，一切又恢復原來的模樣。

車子在一座大的岩石前停下，我們魚貫而入，裏面是會轉動的雪山洞。用極細小的白沙當做白雪，洒在真假難分的岩石上。從洞頂垂下許多大大小小的鐘乳，地上也有許多乳筍。山洞的兩旁雪壁做大幅度的轉動，使身歷洞內的遊客，有天翻地轉之感，走出雪山洞後，還有許多遊客覺得頭昏眼花。

一座圓形的建築物內，也是我們參觀的目標之一。從圓心點向圓周用欄杆分爲好幾間。圓中心是表演或導遊說明的地方。周圍有一層高於一層的石階，是供遊客坐下來觀看的。在第一間裏，導遊爲我們說明，放映一張芝加哥的風景圖片，如果要拍攝以芝加哥爲背景的鏡頭，就用這張做背景，再把演員們的動作鏡頭接在下面，觀衆看起來就像在芝加哥當地拍攝的。高明的剪接技巧令人贊歎。

第二間是演員拍攝室內的場地，有各式各樣的傢具，場地並不寬敞，但是利用取景的奧妙，和剪接的成功，再狹窄的地方在影片上也能變成豪華寬敞的鏡頭。

在另一間，導遊利用現成的道具，問遊客中有沒有新婚蜜月旅行者？有一對年輕的外國青年欣然上臺，又徵求兩位孩童和四五位成人。導遊當了臨時導演，那幾位臨時演員在導演的指點下，各就各位，都上了電車，有的坐在新婚夫妻的對面，有的站着，有的坐在車廂的另一端，一聲「開麥拉」，電車後面就出現影片，那影片是街道移動的鏡頭，再加上車裏的演員不停的顫動，使觀衆看到的確是電車在奔駛。車內的新婚夫妻表演親蜜的鏡頭。外國人好像天生就有表演的天才，隨時要他們表演什麼表情或舉動，他們輕而易舉就能勝任，並且表演得那麼逼真。

在觀衆熱烈的鼓掌下，那對蜜月夫妻才停止親蜜的表演。

我們又向前進入另一間，這一間到處是灰塵和蜘蛛網，陳舊古老的鐵門，一具棺木和斜倒的樑上，盡是灰塵和蜘蛛網，使室內更顯得陰森和恐怖的氣氛。

導遊手舉火把，出現在這陰暗的室內，表情沮喪的將火把掛在壁上，自己慢慢的移動棺蓋躺下去，又將棺蓋蓋好，不到兩分鐘，他却從另一道門大叫大嚷的跑出來，這就是電影上所謂的魔術表演。

走出圓室表演場，我們又觀賞兩場室外表演，有動物的表演和牛仔射槍的武打表演，打得最驚彩時，有人從二樓窗口把對方拋出去，觀衆緊張得大叫，但是仔細一看，原來掉在地上的是一個假人。

離開環球製片廠，遊覽車沿着好萊塢的日落大道向着太平洋的方向行駛，在中國戲院前面的地上，有許多明星的手印和脚印。如希區考克、李馬文、丁馬甸和桃樂斯黛等等，他們都留下了手印和脚印在地上。給中國戲院增添無限趣味。

洛杉磯與其他城市比較，最大的不同之處，就是此城無地下鐵，並且公車也很少，在街道行駛的大都是私家汽車。

遊覽車把我們帶到「農人市場」，市場內有飲食店和水果攤，每個攤上，都擺滿了各式各樣的水果，如葡萄、蘋果、水梨、香蕉、西瓜、草莓、櫻桃、木瓜、鳳梨、香瓜、甜瓜、芒果、李子、杏子、柿子、蜜柑、桃子……等，集世界各地的水果於此。我們每個人都被誘惑得忍不住大包小包的買，我也買了櫻桃和蘋果。大家在同旅館的車上，就開始大吃特吃，邊吃邊談論這兩天在洛杉磯玩得最過癮。

周老太太跟着那幾對夫妻誤上了雲霄飛車。現在談起當時的驚險刺激，還嚇得手猛拍心頭。談到鬼屋大家更是又刺激又興奮，幾位男士都笑着說他們的手臂被抓得又酸又疼，「真是何苦來哉！花錢找罪受。」

我看了陳立家一眼，剛好與他的目光相遇，我們不約而同的發出會心的微笑。

情困！聖地牙哥

早餐後，我們在旅館大廳等候遊覽車，今天要搭車到聖地牙哥。陳立家和小馬忙着點數行李，我們幾個太太們站着聊天，高太太對服裝很講究，自然所談的都是時裝問題，一會兒羅太太問：「妳有沒有小孩？」我點點頭。

「幾個？多大？」

「一男一女，剛考上高中。」我不喜歡人家問我家庭的事，但又不能不回答。

「什麼？孩子這麼大啦？妳看起來還這麼年輕，身材這麼苗條，是怎麼保養的？」我笑笑沒做聲。

林太太說：「她個子高，不怕發胖，就是胖了，也不太顯出來，那像我們，矮個子稍微胖一點，就圓滾滾的。」

「妳先生做什麼的？怎麼沒跟妳一起來？」羅太太又問。

真討厭！又像調查戶口似的。我們的社會人士老是愛問人家的家庭事情，表示關心？還是想探聽隱私？偏偏自已又不願別人知道眞相，每次都得編造故事，但心裏總有說不出的彆扭。在外國，除非人家自已說，否則問這些私人的事，是不禮貌的，我欣賞這點。我討厭也害怕人家問我先生的事，盡管心裏不高興，但是還得同答：「他做生意，很忙，走不開，我出來他留在家裏，孩子們才不寂寞。」

「妳和陳先生以前就認識的？」林太太問。

「他是我先生的朋友，我們認識十幾年了。」我不知道爲什麼要撒這些謊言？

「哦！難怪！」

我知道人家已經在注意我們了，我的臉上一陣發熱。遊覽車剛好來，大家忙着上車，及時替我解圍，否則再問下去，我不知道該怎麼同答。

我上車後，坐在左後方的窗口位置，把皮包和水果放在身旁的空位上，陳立家上來後，用疑惑的眼光看我，爲什麼我的身旁放東西？他站在旁邊等我把東西拿起來，但我悶悶不樂的搖搖頭，他遲疑一會，就坐在同排右邊的位置，不時的轉過頭來看我。我也看他一眼，他的表情沉重痛苦、疑慮不安，我心裏好難過，好矛盾。這幾天來，我們多麼愉快，覺得自已好快樂、好幸福。但是局外人一句話，把我點醒了，把我從甜美夢幻中拉同現實，到底我們都已失去談戀愛的資格了。有家眷的人，怎能再談戀愛？何況他還有位久病在床上的妻子？當初自己不是覺得我們的接近會傷害到第三者嗎？怎麼這幾天樂得全忘了？被什麼冲昏了頭？一向以爲自己非常冷靜、理智，對感情的控制十分有把握，怎麼這次會如此反常？

人生本來就是苦多於樂，尤其是自己，好像都在苦境中打滾掙扎，身心疲憊不堪。近幾年來，環境漸漸好轉，似有苦盡甘來之兆，尤其遇上了他，一顆孤寂苦悶的心，頓時開朗歡悅覺得自己好快樂。可惜只短暫得像曇花一現，如今滿腔的喜悅、幸福感也將消逝了。

唉！命運爲何如此戲弄人？我好不容易才從痛苦中掙扎起來，時間撫平了這破碎、創傷的心，如今又在這平靜的心靈投下巨石？讓一往平息的心田再度引起震憾？爲什麼要讓我們相遇於途中？却不允許我們相愛？

在世俗的眼光中，我們的愛不被人允許，不被社會接受。只有默默的分手，結束了這神速到來的短暫愛情。心裏却又有說不出的依戀難捨。我轉過頭看他，才知道他一直注視着我，那柔柔憂鬱的目光看得我心絞疼，鼻子一陣發酸，只好把目光投向窗外。靜覽沿途的風光，路上的景色却因自己心情的轉變，而覺得一點都不引人，毫無美感。

到了獅子園，我們進去參觀野外的動物，我無精打彩的跟着團體走，腦子空空洞洞，想看他，又怕見他，心裏矛盾極了，我脚步慢了下來和隊伍拉了一段距離，他憂憂的問：「怎麼啦？我做錯了什麼？告訴我，不要這樣不理我，這樣折磨我好不好？」他低沉痛苦的問。

叫我怎麼回答呢？你錯了嗎？還是我錯？這是誰的錯啊？

我的鼻子又一陣發酸，我咬着牙不敢開口，否則會像斷了線的念珠似的，不可收拾。

在獅子園，我只記得坐在車上看了野外走動的動物。大家忙着照相取鏡頭，一會兒在右邊窗口，一會兒又到左邊來，我懶洋洋的靠在窗口，什麼興趣都沒有。

不久，大家下車，我也跟着下車，又跟着大家上遊覽車。覺得過了好久時間，才到達海世界。

我們先在裏面的餐廳吃午餐，那頓吃得索然無味，只是爲填飽肚子而已。飯後小馬分給我們每人一份位置圖，大略介紹一下方位，願意自由行動者自己走，沒有把握的就跟着他。

陳立家盯着我看，我知道他希望我們單獨走，我心裏何嘗不是如此，但是，我的脚步却隨着小馬移動。

我的目光盡量躲開他，但我感覺得出，他始終在我身旁。我心裏好難過、好矛盾。但是在團體面前，又要裝着跟以前一樣的開朗，否則敏感的人，馬上就看出來了，尤其是那幾位太太。早上同她們談過話之後，我的態度才突然轉變的，更是一目瞭然，我不願意被人家談論，拿我當笑柄，因此，覺得時間過得好慢、好無聊。

奇妙的水表演，千變萬幻，燈光忽明忽暗，我偷偷的看陳立家一眼，他也向我注視，覺得他的目光好深好亮，他也像我一樣的失神落魄？

我又跟着大家去看撈真珠和海豚表演等。只要我身邊沒人，他就問：「爲什麼不理我？爲什麼生我的氣？」我只有搖搖頭，這不是三言兩語能解釋的，何況我還沒開口，我們團裏的人又走過來了。只要他們離遠一點，他就抓住機會說話：「那妳爲什麼不高興？轉變得那麼快？」我只有深深的歎口氣，叫我說什麼？

遊覽車到達聖地牙哥，我們住的旅館不同於以前的高樓大廈，是幾排兩層樓的汽車旅館，沒有人替我們搬行李，分到鑰匙後，要自己搬進房間。

他們的房間都靠近大門口，只有我和周老太太的房間在最後面，陳立家叫我等他。他把自己的行李搬進去，馬上就來替我搬。大家都走了，剩下我和老太太，我在拉自己的皮箱時，旅館的經理走過來，看看我的鑰匙號碼，「這兩箱都是嗎？」我點點頭。

他長得又高又壯，一手拿一件，就把我和老太太的皮箱提起來。「跟我來。」我和老太太跟着他後面，轉來轉去的才到我們的房間，進了房裏，我趕緊拿出小費謝他，他不肯收，向我眨眨眼說：「我只爲漂亮的小姐服務。」我好尷尬。

晚餐在旅館對面的西餐廳，我們的旅費不包括飲料，如旅客要喝酒或可樂，必須自己付錢，幾位男士叫了啤酒，陳立家也替我倒了一杯，我喝一口後就沒再喝，我不喜歡空肚子喝酒，那樣容易頭暈。遇到心情好或喜歡的菜餚，我也會喝點酒助興，但我從不喝悶酒，以酒澆愁、愁更愁，只覺得苦酒滿杯，滋味難受。

在餐桌上，我們也一起喝過酒，但是今晚，陳立家有點反常，老找人乾杯，別人敬他，他更是一飲而盡，我心裏好難過，但表面上還是裝着微笑說：「少喝點吧，還要留些肚子吃東西呢！」沒想到他却大聲的說：「妳還關心我啊？」真恨不得踢他一脚。

晚上大家都吃炸魚，他只吃一點點，又在喝酒，老太太說：「陳先生怎麼吃這麼少？」

「剛才被刺刺得心好痛！吃不下。」

「刺只會刺到喉嚨，怎麼會刺到心裏去？亂講！」老太太不懂的笑着說。

我聽了，心裏又一陣難受，希望這頓晚餐趕快結束，我真怕他酒後失言，不知還會說出什麼話來？

飯後大家走出餐廳，我快步的頭也不回的走回房間，心裏覺得又難過，又有點氣。一進房間，我就躺在床上，由於心裏不高興，全身都覺得不對勁，人也懶洋洋的，心想還有十幾天的旅途，怎麼過？唉！好苦。

房門被打開了，他和老太太一起回來。看到他心裏好複雜。怎麼他又來了嘛?!但是無可否認的，因爲他的出現，內心又有一絲絲的喜悅，心裏也不像剛才那麼苦悶。

看他紅光滿面，又有點氣，因爲有老太太在，不便表示，洗了濕毛巾叫他擦擦臉，把昨天買的櫻桃拿出來吃，也許可以給他解酒。本來留着今天在車上吃的，誰知道突然轉變心境。

「思佳，我們出去走走。」我知道有很多話要說，因有老太太在場，不方便。

「等你酒退了，再說。」

他急着說：「我一點都沒醉啊！」

「臉紅得像關公似的，我才不要！」我有點生氣。

「還不是因爲妳才喝的！整天不理人，到底生我什麼氣？我做錯了什麼？連行李都不要我搬了！我這傻瓜急急忙忙的趕出去，要去幫妳搬行李，呵!!妳却跟着那洋人走了！」

看他那模樣，我笑了，「別說得那麼難聽好不好？什麼我跟洋人走啦，他看我拉皮箱好吃力，過來幫我忙，也把她的箱子一起提過來，這樣你不是也可省省力氣？」我又好氣又好笑的說。

「我不要別人多管閒事，妳的事我會做，爲什麼要別人揷手？」沒想到他的醋勁還真不小！還好老太太在洗澡沒聽到。她出來後，陳立家的紅臉也漸漸恢復了。老太太有早睡的習慣，我們不便再多談，「我們出去吧！」

我們沿着路旁漫步，「妳到底怎麼啦？早上還好好的，怎麼上車後，臉色就全變了，到底生我什麼氣？」

我把早上幾位太太們閒聊的話重複一遍，「就爲了人家一句話？妳就不敢理我了？真是的!!除非妳不喜歡我，否則管別人怎麼說，嘴巴是人家的，她愛怎麼說是她的事。」他不高興的嚷着。

話雖這麼說，但是我內心的感覺却有所改變。我不再那麼毫無隱蔽的表露自己的感情，我想今後對他，只能愛在心裏，到底我們都不是「自由之身」，已失去戀愛的資格。這遲來的愛情，如不善加處理，將是悲劇下場。尤其知道他是個敢愛敢爲的人，我更應該謹慎。

當我知道自己在他心目中已佔有極重要的位置，那份自滿高興，不是筆墨所能形容，但是所擔心的，也是怕他愛昏了頭，將不顧一切的傷害了第三者。本來我想告訴他，有關清泉的事，但現在，我改變初衷，還是不說的好，讓他有所顧忌。

我愛他，也願接受他的愛，但是我希望我們的愛，不要傷害他人。「人生如舞臺，現在我們在這旅途中所扮演的角色是一對情人，我們心情怡悅的暢遊，等這旅途結束了，我們就鞠躬下臺。」

「什麼？回臺灣後，我們就不再來往了？」他睜大眼睛，驚訝的問：「那怎麼行？妳做得到？」

「我很高興遇到你，跟你在一起很愉快，只怪我們相見太晚了。回到現實生活中，我們可能再相聚？我在想，爲什麼我們的感情會進展得那麼快，那是因爲我們都遠離了我們的社會，離開了我們的生活圈子，現在除了睡覺時間外，我們幾乎都在一起，我們所看到的，都是美的，所談的話題又那麼投機，又因爲我們都是出來旅行，在這種輕鬆的心情下，就更容易接受這份感情。如果我們是在臺灣認識的話，不可能有那麼多時間在一起，何況又有許多事情要處理，就是想念對方，可能對方的影子剛剛出現，就被瑣事或電話給打斷了。」這些都是我在車上靜思悟出來的道理。

「答應我，回臺灣後，我們還要見面！」他說。

「你不怕周圍的眼光和閒話？」我擔心的說。

「妳是擔心妳先生？他知道了會和妳離婚？不用擔心，有我這後補！」我搖搖頭。我差點道出清泉的事，一個念頭又把它壓制下去，還是不要說的好，這樣他才有所戒心。

「我們的社會，只允許男人婚後有愛人，但對女人就不同了，我們的事傳開了，對妳是不利，我會小心，不要害了妳。不過妳要答應我，不能就這樣不來往?!」

我點點頭說：「我們要繼續來往可以。不過我們的言行要小心。以後坐遊覽車時，你不要再坐在我身旁，車上座位那麼多，每個人坐一排椅子都坐不完，他們夫妻都是單獨坐，只有我們兩人是坐在一起。還有，講話也要小心點，在大家面前，不要談我們的事，言多必失！」他點點頭。

我又說：「回臺灣後，你，我都很忙，平時我們各忙自己的事業，空下來時，通通電話、聊聊天，偶而一起吃吃飯或喝喝咖啡。在心情苦悶或事情不如意時，我們互相安慰鼓勵，如有什麼高興的消息，也讓對方分享。不要因爲我們的相識，而誤了事業或家庭。希望我們的相見，更能提高工作效力……。」我講了一大套理論。

「思佳，妳真是個有頭腦的女人，如果我娶的是妳，相信我的事業不只是如此而已。妳連感情都能安排、能控制，我更可放心的去愛妳了。」他笑着用右手摟着我的腰。

「別以爲我真的那麼有本事，有時也會亂了方針。」停了一下，我又說：「你應該多去愛你的太太。」我口是心非的說，本來他愛太太是應該的，但是如果他點頭了，我心裏一定酸溜溜的，我多自私啊！才認識他幾天，就想奪取人家全部的愛。

他搖搖頭：「我對她，只有夫妻之情，但早已沒有愛情可言了，每當她砸破一樣東西，向我無理取鬧時，我對她的愛就減少一份，這幾年來，都已減光了。」他憂憂的說。

此刻他的表情與平時，判若兩人。

「我希望，因爲我們的相識，使你對她略有好轉。」這是我的真心話。當我知道他對她已無愛情時，又覺得她好可憐！

「沒有人會說，我對她不好。」我相信他。

他低下頭在我耳邊輕輕的說：「不談她好嗎？」我點點頭。每次談到她，他的表情就暗淡下來，我不願破壞這氣氛。

我們手挽着手往回走，早上我還想就此結束這將起步的愛情，沒想到，我們的距離反而更進一步。我們默默的携手漫步，兩顆歡悅的心，藉着手指傳達愛意，偶而互注微笑，頓時，覺得這富有墨西哥色彩的城市，好迷人！

賭城・靜電・夜總會

飛機還在拉斯維加斯上空，就感覺熱氣逼人，我們下了飛機，大家都忙著一件件的脫，只穿件薄薄的夏裝，還熱得滿頭大汗。

從機場到旅館的路途中，所看到的是一片熱帶沙漠的景象。熱風夾帶著沙粒，一陣陣的打得手腳發痛，也讓人熱昏了頭。

拉斯維加斯的氣候非常乾燥，鼻子、嘴唇和喉嚨都覺得十分難受，一向不喜歡喝水的我，一杯杯的下肚，仍然不能解渴。

乾燥炎熱的氣候，使拉斯維加斯產生奇妙的靜電。我從來不曾遇到過靜電。剛到旅館，我推門而入，嚇了一跳，我的手好像被針刺似的疼痛，當初我真以爲是被鋁門割痛的，但是後來經過幾道門，每次手都被刺得好疼，而且不只我一個人如此，大家都一樣，這才知道因爲空氣太乾燥，而我們的手因出汗潮濕，碰到鋁門時便產生靜電。嚇得以後我們要開門時，再也不敢用手去推門，改用皮包頂著門再用手臂去推門。

到達旅館，小馬去辦手續，我們大家在旅館的商店橱窗前欣賞商品，我不小心，手臂碰到外國人，「拍」一聲靜電，觸得我又疼又麻。外國人的汗毛較長，更容易引起靜電。

在拉斯維加斯不僅男女授受不親，就是同性也不敢站得太近，都怕靜電！

更妙的是：我們要拿錢幣給對方時，絕不敢直接遞給對方，對方也不敢直接伸手來接，我們都放在桌上，然後對方再由桌上拿去，否則又是一陣麻疼。

因靜電而引起的另一趣事；我們穿的長褲褲角把地氈上的毛也吸起來。旅館室內又到處舖著地氈，因此在旅館繞一圈之後，我們穿的長褲收穫可真不少，什麼顏色的地氈細毛都黏上長褲的下端。在室外穿裙子怕風沙，打得腿陣陣發麻，穿著長褲可以擋風沙，但是走進室內却又惹得滿褲管的細毛，刷起來可真夠瞧的。

拉斯維加斯的夜總會是世界馳名，我們到 Lido 和 Dunes 兩家夜總會去看表演。我們在夜總會吃晚餐，後看表演，裏面座位舒適，室內的裝潢、燈光等氣氛都很羅曼蒂克。

拉斯維加斯的夜總會，不僅室內裝潢得富麗堂皇，室外霓紅燈光閃耀，表演的明星小姐們，個個身材都非常均勻健美。她們的服裝有的雖然是上空或十分暴露，但是不會使觀衆看得不自在或是臉紅難爲情。她們的舞姿優雅動人，座位舒適，一排高過一排，後排觀衆看起來也很方便，加上舞台燈光佈景豪華，因此看了一場後，大家意猶未盡。又到 Dunes 再欣賞一場，百看不厭。但是想到白天的炎熱、乾燥、靜電時，又恨不得馬上離去。

這裏室內都有冷氣設備，白天艷陽高照，酷熱難耐，但是夜晚室外的溫度降低得使你不得不披上毛衣。

拉斯維加斯是世界聞名的賭城之一。在這沙漠地帶，能吸引成千上萬的旅客，完全是仰賴於賭場與夜總會的號召。到這裏觀光的旅客，不管會不會賭，都想碰碰運氣，嘗試一下。

我對賭錢向來沒興趣，費時又傷神，連所謂的「衞生麻將」也以爲是有些老年人消磨時間的玩藝兒。年輕人若愛上了它，什麼鬪志都消磨掉了。但是到了賭城，我也隨鄉問俗的玩了好幾次。

這裏較有規模的旅館或夜總會，都設有賭場，最簡單的有吃角子老虎，從五分、一角、五角、一元等不同的機器，有賭二十一分；也有在輪盤上賭大小。還有其他較難（我看不懂）的賭法。賭場二十四小時營業，免費供應飲料、冷飲、香煙，只要付小費就可。

賭場的莊家有黑、白、黃各式人種，每個賭台上裝有閉路電視，在監督莊家們的行爲或手氣。發現某個莊家手氣壞老居下風，就換個莊家。有時在賭的客人贏錢很多，也會給莊家小費。這時莊家就拿著客人給的小費（籌碼）對著鏡頭作個手勢，表示那些籌碼是客人賞的，放進腰部前面的大口袋。

陳立家陪著我遊覽賭場一週，還替我講解，我初次到此，看每樣都覺得新奇，吃角子老虎最容易玩，因此我到櫃台用五元換了五分的錢幣，心想最多只輸這五元。「你不玩？」我問他，他笑著搖搖頭。

「要玩我只想玩二十一點。」他說。「但是玩那不能分心的，妳在這裏，我沒辦法專心。」

「你去玩你的，我不去打擾你，我在這玩吃角子老虎，既然來了嘛！就玩一玩，不過不要賭大的就是了。」

本來他不肯去，我又催他，「去試試你的運氣吧！」他才點點頭，微笑的走開了。

我玩了一會兒，林太太走到我身邊：「我換的錢幣都被吃掉了。」高太太的賭本也只剩下一半。我的運氣不錯贏了三元。

我又換了一部機器，一會兒出現了三個兩角五分爲一排，五分的錢幣贏了十元，等於中大獎，但是機器停了，錢幣並沒有出來。滿懷的疑問，自己又不敢隨便亂扳，我不敢離開這部機子，怕被別人扳亂。因此站在原地向角落那邊在聊天的兩位警察招手，他也奇怪我這「女賭客」找他什麼事？

當他走過來看到我的機子時，微笑的祝賀我的幸運。原來機器內的錢幣已光了。管理員又放進大量的錢幣。我把贏來的十元與本錢五元用一個杯子裝著。另一杯子裝的錢幣也全是贏來的，想玩到被吃光爲止，沒想到後來却又贏了五元。

陳立家走過來，看見我的杯子裏裝滿的錢，「妳的運氣真不錯啊！如果妳是玩五元的話，贏得更多。」

「你呢？贏了還是輸？」我高興的問他。

「妳猜，答對了，有獎！」他含情脈脈的看著我。他的眼神讓我心跳。「答錯了呢？」

「當然要罰囉！」停了一會兒又說：「猜對了，我給妳一個吻，猜錯了，罰妳給我一個吻。」他笑著小聲的說。

「虧你想得出這種獎！」我也笑著瞪他一眼，看他興高彩烈的，我以爲他一定贏了。

「輸了四百元。」他笑著小聲的說：「幾時履行妳的罰吻？老天爺不會這麼厚待我的，給了我桃花運，又給財運？」

我也小聲的說：「那我呢？怎麼贏了！」

「老天爺偏心嘛！特別偏愛女生。」他笑著答。

在我們團裏，大部份輸錢的多，否則賭場早要關門大吉了。據說賭場生意不佳時，老板會以吃、住免費爲號召，吸引賭客，只要你肯拿出一千元美金的賭本。

當我們要離開旅館，每人將房間的鑰匙交還給小馬，他再集體交還旅館。每交回一把，他們就大叫一聲，後來小馬被靜電觸怕了，他再也不敢直接去接鑰匙，都藉著地氈爲媒介，雖然麻煩，每次都得彎腰蹲下去拿，不過却是最安全保險的辦法。

曹文斌開玩笑說：「以前談戀愛時，才會有觸電的感覺，沒想到在拉斯維加斯却天天在觸電呢！」

峽谷永恆之愛

到美國遊覽的觀光客，大峽谷也是必遊之地。從拉斯維加斯搭巴士到機場，在小型的候機室，貼著大峽谷的地形圖，山路崎嶇不平，斷岩萬丈。

我們搭乘中型飛機，只有百來個位置，飛機在空中顛簸不已。本來我對飛機就比旁人多分恐懼感，如今更是驚嚇得臉色蒼白，冷汗直冒。

老太太手拿著念珠，口中念念有詞，我只聽懂「阿彌陀佛」，飛機忽高忽低、彎彎曲曲，飛得我昏頭轉向。一陣驟然下降，我整個身子挺直，心好像要冒出來似的，又是急速上升，一顆心好像掉進胃裏，我趕緊抓住身旁的陳立家，閉上眼睛不敢再看窗外，胃也開始翻滾做怪，我好怕出洋相，立刻吞了兩顆救心丸，他也用風油精在我額上摸摸，「別那麼緊張！馬上就要到了，我講個笑話給妳聽……。」

我知道他想分散我的注意力，要我專心聽他的笑話，對飛機的搖擺振動，就不會那麼敏感。起初，我只是應付似的聽，不忍拂逆他的好意，漸漸的，他的笑話確實生動有趣，我完全陶醉在他的談笑聲中，頭暈慾吐的難受逐漸消失了，是風油精和救心丸的藥效？還是愛的神奇妙力？

走出飛機，遊覽車已在小小機場外面等候，大家不想立刻上車，陳立家和小馬忙點行李，我們在外面吹吹冷風，大家都無精打彩，有的臉色蒼白疲倦。梅老先生略懂中醫，替他們在背後抓「痧」，不久蒼白的臉色漸呈紅潤，沒想到年輕的反而要老先生照料。

在車上，大家的精神漸漸恢復，小馬說：「希望大家到達旅舘，動作快點，馬上到餐廳吃午飯，飯後就要去遊大峽谷。」

老太太埋怨說：「哎唷！是在趕什麼？胃還不舒服，怎麼吃得下？」這也是參加旅行團的缺點。

我們搭上遊覽車，司機兼導遊的介紹大峽谷的風光。據他說一九〇八年羅斯福總統在此打獵，一九一九年開發變成國家公園，有一千多平方公里，內設有印地安保護區，有三百人左右。附近總共約有十萬居民，都喜歡住在國家保護區內。政府有各種津貼。

公園分爲南北兩部，北部雨量較多，森林茂密，野生動物也多。南部較爲乾燥，冬天也下雪，平均約六英吋。導遊指著峽谷的綠色地區，他說遊客可乘騾子下去，夏天常有遊客、學生等在綠州地帶露營，山谷裏晚上溫度在華氏八十度左右，食物由平地用騾子運送下去。因爲騾子耐行，而駱駝不善走斜坡，在此無法靠它作交通工具。

南部野生動物較少，但是松樹上的小松鼠很多，在樹上跳來跳去，可愛極了，路兩旁的松樹都有一百年以上的歷史。

一八九〇年開始建造鐵路，一九六七年每天都有火車行駛，聖太飛支線從平地到七千多英哩高的鐵路。這工程也流有我們僑胞的血汗。當初許多華僑參加建築鐵路，完成後沒有離去，成了當地的華僑。

我們親歷雄偉壯麗的大峽谷，它因地震，地層斷裂，又因長期受天氣及河流改道而造成的。宇宙自然界的侵蝕，變動實非人力所及。站在層層、斷斷的峽谷邊緣，「人」在自然界中渺小得如一粒沙石罷了。何必爲名、利而去斤斤計較！

一九六六年積雪達三十三吋厚，樹木被凍死了不少。

峽谷邊緣的岩石鬆落，因此危險地帶用欄杆圍繞，我們只能站在欄杆內。有一處最寬廣，大約有三百二十度左右，滿山盡是松木，真是壯觀極了。

峽谷的景色很美，猶如大小不同的古老廟宇，是一幅雄壯的畫，想像力豐富者，可以把它想像成任何形象，面對着這壯麗的山河，胸襟自然開濶。同時也令人贊歎不已。

我沉醉在這雄壯的自然奇景，靜觀峽谷彎曲的小河，默覽壯麗的斷岩奇景，胸懷暢快，陳立家靜立在我身旁，有所感觸的說：「看了這雄偉的峽谷，好想和妳一起跳下去！」

我驚奇爲什麼他有這傻念頭?!

他又說：「死就是永恆，我抱著妳一塊死去，在死的那刹那，妳是我的，就永遠是我的，我就得到永恆的愛，何況這裏又是那麼雄偉壯觀，妳不覺得這樣很美?」

我的老天！真沒想到外觀活潑風趣的他，骨子裏却是這麼悲觀。我輕輕握著他的手，故做輕鬆的口吻：「我可不願那麼早就結束生命，何況一段美好的人生才要開始，我們不好好的享受，還想什麼永恆的愛！那我們不是白認識一場?」

他注視我良久，我故意很用力的捏他一把：「以後不許再有這傻念頭!!」我表面輕鬆，內心却覺得十分沉重。一路上我一直回味他所說的話，我想不通，爲什麼他會這麼悲觀?

大峽谷是印地安人發現的，他們認爲是神聖地區，每年各地的印地安人都來此開會，是因宗教的意義而聚合的。每年春末夏初，四五月時科洛那多河有水時，即乘小船而來。峽谷的 Hopi point 景色最美，Hopi 是印地安語和平和祥之意。

印地安人對手工藝非常擅長，精於雕刻，對珠寶的製作很內行，對繪畫、家庭用品等顏色的調配也很在行。有用石頭磨成的各式各樣的戒指、項鍊等。

也有用銀器打成極薄的薄片，貼在各種用具上，美觀大方。此地以產貓眼石出名，藝品店琳瑯滿目，各種稀奇古怪的裝飾品都有。

我們在藝品店逛，每個人都買些小東西，我也選了幾顆別緻的石頭做紀念。

大峽谷的景色令人難忘，我們住在山中的小木屋，寧謐幽靜，別有一番風味。

晚餐後，大家聚在旅館的前廳聊天，雖然是夏日炎炎的天氣，但山中早晚寒氣逼人。有人建議大家結伴在山中散步，欣賞山莊夜景，我們都同房披上毛衣或外套，三五成羣的走出大廳。我們由旅館右邊出發，準備繞一小圈，從左邊小徑回來。

在月光下邊走邊聊，本來大家走在一起，不知不覺的便分爲幾個小集團，我和陳立家的脚步慢了他們一大截。幾乎每次都是如此，是我們有意與隊伍脫節？還是他們有心把我們單獨留下？

本來我很在意他們的眼光，但是當我和他在一起時，什麼都忘了，我們在一起覺得好融洽、好快樂。有時他像個淘氣的孩子，乘沒人時，偷偷的摟我一下，或握住我的手。我們像一對初戀的情人。

愛情確實使人心境活潑青春，也讓局外人覺得不可思議。

我們與團體的距離愈拉愈遠，他們的談笑聲幾乎聽不見了。我們挽著走，忽然他把我緊緊的摟進懷裏，把臉貼在我的臉上，我仰起頭，閉上眼睛，任他輕輕的在我面頰脖子來回輕吻。突然像磁鐵似的，四片嘴唇緊緊吸在一起，我們互吸著愛的甘液，陶醉在愛裏。我忘了「第三者」，忘了旁人的眼光，也忘了自已對他提醒的……。

愛使人變得癡癡醉醉、迷迷糊糊。我們的初吻，熱情激盪，興奮癡迷，我們擁抱在黑夜山中，旁無其人，整個宇宙只有我和他兩人存在。

突然他躲開親吻，把我推開，不到一秒鐘又猛然把我摟進懷裏，呼吸急促，斷斷續續的在我耳邊呻吟：「唷！我控制不住……妳的吻……太挑逗人了……誰教妳的？……妳這女人太厲害……了……。」

我從來不知道自已的吻，有這麼大的魔力！我活了三十幾年，只和清泉有過癡迷瘋狂的吻，他從來就沒誇獎過，也許當年他太年輕不懂吧。

已經十五年了，我不曾這麼激情熱烈的吻，尤其聽到他的讚美，情不自禁的又吻了他。想起拉斯維加斯的賭場，我猜錯，他說要罰吻，淘氣的說：「還你一個吻！」又在他唇上輕輕一點。

「我要連本帶利！」他又把我吸住了。不久我從他懷裏掙脫。「別這樣貪得無厭，會把人嚇跑的。」

時間不早，我們不能離開他們太久，他擁著我的背，我抱著他的腰，並肩親蜜的走回旅館。

難忘鹽湖城

從大峽谷到鳳凰城開車大約要五小時的路程，我們準備由鳳凰城搭下午六點十五分的飛機，飛往鹽湖城。

早晨很早就從大峽谷出發，時間還很充裕，因此請司機順路帶我們去繞一繞別的風景區。

我們繞到塞都那城（Sedona City），這裏因有橡濱峽谷（Oak Creek Canyon）而著名。這峽谷太美了，沿途河濱、流水清澈，帳篷點點，到處是露營嬉水垂釣的人，在大岩石上，偶而躺著睡美人，在那享受日光浴。

我們也下車步行一段，走近河邊，去摸撫清涼沁心的溪水。梅老先生贊歎！如能在此養老，定能長生不老。人人都愛上了這世外桃源。

中午，司機帶我們去吃道地的美國簡易午餐，有漢堡或魚、炸的馬鈴薯和飲料，外國人的午餐吃得好簡單。

幾位大男生看了直搖頭：「如此吃法，會餓死人唷！」因此忙壞了小馬，他充當侍者，一個個問，有的要牛排，有的要魚，有的要漢堡，還有的要雞。飲料方面有的要咖啡、熱牛奶、茶，又有的要冰茶……。

司機看小馬忙得團團轉，笑著對他說：「這家餐廳就是以漢堡和魚出名，物美價廉又快，如要吃牛排等其他東西，必須等很久時間，又貴不見得好吃。」看看餐廳內只有我們是黃種人，其他食客的確沒有人吃牛排或雞，難怪他們笑著老瞧著我們。我們團體出國旅行，吃的問題最讓人頭痛，難怪小馬總是喜歡帶我們吃中國菜，他輕鬆省事不說，大家也吃得皆大歡喜。

午餐後，大家精神飽滿的上車，窗外的景色與早上的迥然不同。在寧靜廣濶的原野上，一堆堆巨大的危崖山石，在紅棕的岩石沙土上，有的是碧綠的草叢，有的呈現層層的斷崖，一座座崎立著，有的像古老的巨廟，有的像一羣朝拜的人像，有的像一羣奔馳的野象，又有的像極了埃及的金字塔，各種巨大的形象岩崖，奇形異狀，莫不叫人贊歎！

大家拿著照相機忙著獵取這珍貴的鏡頭，小馬感歎的說：「我帶了五次北美洲的團，這還是第一次來！」

高明義聽了，幾乎把所有景色都攝進他的攝影機內。

下午四點就到達鳳凰城機場，這裏熱得真叫人受不了。美國機場，如國內線的行李，不需要提到裏面櫃台，各航空公司的入門處就可辦行李的 Check in 手續。小馬在外面辦手續。我們急著進入有冷氣的機場內等候。

我面向窗外，突然看見兩個黑人快速的跳進車內，兩個警察大叫，但車子並沒停下來，迅速的開走了，把站在路中的警察擠向安全島上跳，另外四個警察抄近路奔跑，在路口等候黑人的車，並向空中鳴槍，槍聲吸引了路人。另外被擠向安全島的警察也及時趕到。兩個黑人在槍口對準的緊張狀況下，緩慢並舉起雙手下車，兩個警察向前，由黑人的上身摸向脚上，黑人乖乖的被套上手銬，走進警車。

一幕像螢幕上的緊張鏡頭，只在短短的幾分鐘就告結束，我的急促心跳還沒恢復正常，街上平靜得像不曾發生事似的。只有我們這羣少見多怪的旅客，還在議論紛紛。

羅平埋怨太太爲什麼不叫他一聲，害他錯過了這緊張刺激的鏡頭。羅太太笑著說：「我怎麼知道那麼快就完了。」

小馬和陳立家商量，我們要八點半才到達鹽湖城，進入旅館已快十點了，萬一吃不到晚餐怎麼辦？現在離登機時間還很長，因此他們兩人買了全團的晚餐，每人一份分給大家，自已攜帶，隨自已高興何時吃，有的人懶得拿，在候機室就吃了，看我們還沒吃的人拿在手上，多一個負擔，表現得輕鬆得意狀，沒想到飛機上的晚餐，意料不到的豐盛，他們只有乾瞪眼了。

「小馬，我會被你漲死！」田達霖笑罵著說。

這也是參加旅行團常發生的事，有時餓得半死吃不到一點東西，有時却又漲得恨不得有兩個胃。

次日早晨，我們全日遊覽鹽湖城市區，司機邊開車邊拿著麥克風介紹。我們參觀了摩門教堂，裏面有兩座建築物，專供遊客參觀，摩門教徒到世界各地去傳教，因此他們有許多也會講國語或日語。

司機也是摩門教徒，他帶我們去看摩門教祖先初來鹽城開拓之地。

在途中，我忽然覺得肚子痛，大家在車上談笑，本來我也同他們一塊兒嬉笑，後來越來越痛，我緘默無語，他們見我沒答腔，翻過頭來看後座的我，看我皺緊眉頭，兩手抱著肚子，臉上汗珠粒粒，陳立家坐在我後面，看不到我痛苦的表情，當他看見大家翻身往後看，個個睜大眼睛驚奇的問：「王小姐，怎麼啦？她臉色好蒼白唷！」

他趕緊站起來，走到我面前：「怎麼啦？那裏不舒服？」我痛得連開口的力氣都沒有。

「林醫師，趕快急救！」

「是不是中暑了？請梅老先生抓痧，上次我不舒服，被他一抓就好了。」

我閉上眼睛，心裏很害怕，這種痛已經第三次了。開始只是輕微的肚子痛，漸漸的集中在左下端，連著肛門都像針刺的痛不堪言。一陣陣的疼痛，有點像生產前的陣痛。陣痛隨著時間逐漸加長、加重。

生產的陣痛，在痛苦中帶有希望，希望陣痛加強趕快把胎兒生出來了事。但是我這種陣痛，痛中帶著無限恐懼，內部器官一定有什麼不對勁。

記得第一次發生，是在三年前，那時沒有經驗以爲是平時的腹疼。沒想到後來痛得不能動彈，額上的冷汗如綠豆般的大，當時還好在家裏發生，兒女皆在身邊，兄妹倆看我臉上汗淚交流，嚇得也直掉眼淚。我要他們拿一顆平時吃的經痛止痛丸，呑下去二十分鐘後，疼痛漸漸鬆弛，再過半小時後，一點事都沒有，只覺得人好虛弱好疲倦。那止痛丸是平時月經來臨前腹部疼時吃的，沒想到還這麼管用。

事後，我到醫院檢查，也照過片子，醫生說一切正常，但是爲什麼這種莫名其妙的痛，却來第三次？有了第一次經驗後，那止痛丸我總是隨身携帶，不知道它何時又會發作？這次旅行我帶了許多藥，但是都在大皮箱裏。不知道自已有沒有準備幾顆放在手提包內？

我無力的睜開眼睛，在皮包裏摸索，他溫柔體貼的說：「要什麼？我來找！」我搖搖頭，我這百寶箱那麼多寶貝，他那裏知道我要什麼！

啊！有了，我好高與自已「有備無患」的個性。

「請你替我去要杯冷水，我要吃藥。」我無力細聲的說。

司機把車停在路旁，陳立家下車去要水，大家都關心的問，我只是閉著眼睛，手壓著肚子，疼痛愈來愈劇烈，不知誰替我輕輕的抹去臉上的汗和淚。

我吞下了那顆藥丸，車子又開動了，大家還不時的從前座翻過來看我，陳立家站在我後排，不管別人怎麼想，就在我肩上替我按摩。忽輕忽重的，像打電報似的，把他的愛與關懷藉著指尖傳遞給我。

一會兒後，我抓住他的手，輕輕的說：「好了，謝謝！」疼痛完全解除了，他們看我會笑了，都搖搖頭說：「妳的病，怎麼來得這麼突然？也好得這麼快！」

「好像假的！」

「但是看妳剛才額上的汗珠，的確很痛苦的樣子！」

「妳到底生什麼病？」

我自己也不知道這是什麼毛病？雖然不痛了，但是覺得好累，好想睡，這是每次痛過的症狀。

因此到了摩門開拓者塑像，大家下車照相，我想留在車上休息。陳立家看我不下車，他也不想下車。「妳剛才真把人急死了，問妳話又不答，只是閉著眼睛猛皺眉頭，那痛苦的樣子，真叫人心急，恨不得幫妳痛！」

「你還是下去吧！我已經沒事了，你不下車不好，知道嗎？」我懇求的眼光看他，他只好勉強的隨著他們下車。

司機看我斜靠在座位上，也走過來問我是否好一點了，蠻有人情味的。

我們又去參觀銅礦場，這銅礦場是在濱漢峽谷（Bingham Canyon），是世界最大的人工坑道，整座礦身像瓶蓋或廻轉式圓錐形，車子只能開到半腰，要步行到頂上，才能欣賞到礦區的全貌。下車後，陳立家擔心的問：「能走嗎？」我故意逗他：「不能走，你要揹？」

他也笑著說：「會開玩笑，是真的沒問題了！」

「我不願錯過這機會，既來寶山，豈可空手而歸？再不舒服，爬也要爬上去瞧一瞧它的盧山真面目！」

我們沿著斜坡，慢慢走上去，頂上的瞭望台，視野廣濶，那層層梯田似的礦區，實在大得驚人，有一千四百英畝，一九〇四年八月首次開採，至今開採的礦已超過二十億噸，可建五倍的巴拿馬運河。

這巨大的礦坑，一天分三班制，二十四小時不停的有成千的工人在操作，這些技術工人和許多專家們參與鑽孔、爆炸、負載和運輸的工作。平均每天有一〇八、〇〇〇噸的礦石和其他廢礦，從此礦區中被運走。用一節節火車式的無蓋拖車，沿著台丘的小路運送到外地去。

礦區內還有隧道，小火車可通到最低層的坑核心。從瞭望台可看到一列列的火車，載著礦石緩慢的行駛。

看到這麼巨大壯觀的銅礦場，真是不虛此行。涼風徐徐，吹得人心曠神怡。我們在那徘徊流連，捨不得離去。

在礦場前有家規模不小的藝品店，陳列著各式各樣的銅器製品，有裝飾品、有日常用具、有玩具還有稀薄銅的風景明信片等等，應有盡有，琳瑯滿目，看得我們愛不釋手，恨不得都買回去。

臨走前，店主還送我們每人一小塊由此礦場開採出來的小銅礦樣品做紀念。

離開礦區，遊覽車向世界最鹹的鹽水湖前進。快接近湖邊時，微風中含著濃厚的鹽的氣味。強烈的陽光照射著鹽湖，那氣味並不好嗅。

下車後，大家都先走到陰涼處，買客冰淇淋吃了再說。

「走到湖邊去，嚐嚐湖水，看是不是真的是鹹的！」有人提議。

「對！看看它鹹到什麼程度。」

我看要走到湖邊去嚐湖水，還有一大段距離，陽光又那麼強烈，剛才到銅礦場已走了不少路，覺得好累，只想回到車內休息。陳立家也要跟著我上車，我說：「你還是同他們一起走吧，你又沒有不舒服，幹嘛也跟我回車上去？」

他不服氣的說：「誰規定一定要不舒服的人才可回車上？」

「我想大家都去湖邊，只有我們兩個躲在車上，不覺得怪怪的嗎？」我笑著說：「既然來了，應該去看看，你不去？我去！」

「妳真想去？」他有點驚訝。

「我是很想去，花了這麼多旅費，不去多看看，躲在車上多可惜！只是我覺得好累，尤其在這麼大陽光下走，眼睛都睜不開，如果你可以幫我去看一看，我就可以回車上休息。」

「既然妳這麼說，我真的不能不去了。」他笑笑的搖搖頭說：「真拿妳沒辦法！」

我走回車上，眼睛望著窗外的湖邊，海鷗點點，有的棲息在船杆上，有的漫步沙灘，有的在湖上飛翔，偶而還傳來幾聲鳴叫，海鷗和遊客打成一片。這裏的海鷗一點都不怕人，有的遊客餵玉米花，牠們就飛過去了。

不久，他們一個個上車來，大家都認爲景色不錯，就是氣味不太好。鹽湖的水的確是鹹的。

傍晚，回到旅館，附近有家很大的超級市場，大家都想去逛，我也想去買點水果和日用品。在超級市場內有推車或籃子，我只買一點東西而已，因此提個籃子，陳立家說：「我們兩家只要一個籃子就足夠了。」便把我手上的籃子接過去。

我看他在選牙膏，「你都用什麼牌子的？」我問。

「我最愛用『愛王』」，我怔了一下，「那有什麼愛王牙膏？我怎麼從來沒聽說過！我只知道國內有愛王痱子粉。」他看我上當了，又笑著說：「我最愛愛王！」看他的表情，我恍然大悟。

「王小姐，妳過來一下。」老太太又在叫了，我知道又要我過去幫她算，「合我們的錢是多少？」

我們走到水果攤去選水果，櫻桃買得最多，其次是蘋果，他若有所思的說：「希望有一天，我們兩家變成一家，也這樣提著籃子或推著車買菜，該有多美！」

我何曾不希望有這美麗的遠景？等待何時？看他那誠懇期待的神情，我不忍掃他的興。只是微笑無語。

不過一股暖流湧上心頭，內心深處却覺得無比的甜蜜。

午餐風波

早上十一點離開鹽湖城，飛往波玆曼，在飛機上看航空公司的雜誌上的地圖，應該是波玆曼離鹽湖城比較近，不知為何要多繞到密蘇拉，再飛到波玆曼，令人費解？

這次在機上，沒有規定座位，羅平和林俊生四對夫妻比較晚上機，坐在後面。我們吃午餐時，後面有七位旅客都沒有午餐，他們四位和其他三位外國人。空中小姐抱歉的對他們說午餐不夠，那三位外國人沒吭聲。但他們四位走到前面找小馬。

「你們可好？吃飽了。」羅太太氣呼呼的說：「午餐不夠就算了嗎？」

「我們一樣付相同的機票錢，為什麼我們就沒有午餐？豈有此理！」林俊生不高興的說。

「他們看我們中國人不起！那裏會有多少旅客，自己公司會不知道，會不夠分？這是什麼航空公司？我到過那麼多國家，什麼航空公司沒坐過，從來就沒碰上像這種那麼撇脚的公司，還會有午餐不夠分的！」羅平氣得臉紅脖子粗。

「小馬，你要去爭這口氣！別讓人家把我們中國人看扁了！」林太太說。

「你們請先回座位上去，我去交涉。」小馬心平氣和的說。

陳立家悄悄的說：「麻煩來了，什麼人好少不少，偏偏少他們四位！」

小馬抱着許多花生和核桃給他們：「空中小姐再三道歉！午餐確實不夠分，你們先吃這些，他們還可供應牛奶。」

「我們又不是沒吃過這些東西，誰稀罕！」林太太皺皺鼻子說：「爲什麼我們要跟人家不同待遇？」

小馬來回走了幾次，事情都得不到圓滿的結果。在密蘇拉降落，他們四位把希望寄託在這站，以爲會送午餐上來，空中小姐說這站不供應午餐，事情僵在那裏，他們把箭頭轉向小馬。說他辦事能力差，我們團員才會被人欺負。

這件事如不好好解決，小馬往後的日子可不好過。尤其那兩位太太，火上加油的把火藥味加得更濃。

陳立家也出來打圓場：「你們現在肚子餓，心情難免要壞一點，午餐不夠分，也許是他們人數沒算好，或是臨時增加人數也有可能，這跟我們是不是中國人沒有關連，不是也有三位老外沒有嗎？老外他們的午餐，一向吃得比較簡單，容易打發，我們的午餐也是正餐，那幾包核桃花生是不能填飽肚子，我看這樣好不好？到了波茲曼機場，要小馬請你們到餐廳去吃。」

「爲什麼要我們自己團裏花錢？這餐應該歸他們航空公司招待呀！」羅太太不服氣的說。

陳立家點點頭，走到前艙去和幾位空中小姐商量，最後她拿出 Coupon 在寫，讓四位在波茲曼機場的餐廳，憑券吃午餐。

「爲什麼他們早不拿出來？非要人家去爭取，才給！恨不得吐他口水！」羅太太好氣憤的說。

我們到達波茲曼機場，陳立家陪着他們到餐廳去，我們在等行李，不久陳立家來了，大家關心的問這場風波的結尾，他歎口氣說：「餐廳的人看了那四張券，覺得好奇怪，問我怎麼有的？我就把事情解說一番，他還打電話到飛機上去，抱歉的說這是第一次，他們餐廳從來不曾接受旅客使用餐券的經驗。我替他們點好後才出來的，他們好像很滿意似的。」小馬感激的對他笑笑。

我們的行李已搬上車了，不久，他們兩對夫妻有說有笑的走過來，小馬如釋負重的問：「吃得好不好？」

「吃得比你們剛才在飛機上的還要好。」林俊生笑着說。

「其實並不是真的非吃不可，只是要爭這口氣罷了。」羅太太說。

這場風波總算圓滿結束，然而我內心却有說不出的感慨。

山中吃海鮮

遊歷黃石公園期間，都是搭乘同一部遊覽車，司機兼導遊替我們解說沿途風光，也安排我們這兩天吃住和遊玩等項目。

從波玆曼機場到旅館途中，他帶我們去看一九五八年八月發生大地震的河谷。當時正是夏天露營的好季節，山崩樹倒，壓死了二十八人，連屍體都找尋不到。

我們站在小亭上，看那湖邊風光明媚，真是夏季露營、野外活動的好去處。

黃石國家公園位於懷俄明州西北角，面積三四五八方哩，公園範圍包括蒙他拿州和愛達荷州一小部分地區，美國政府利用其自然形勢開闢為國家公園。園區廣濶，遊客必須乘車繞行，園內有旅館多處，為夏季遊山觀泉勝地。

黃昏，我們到達旅館，司機去接洽晚餐，小馬輕鬆了，這兩天他什麼都不用管，一切有司機安排。

還有一個多小時才吃晚飯，坐了一天的車子和飛機，累得我一進房間，就躺在床上懶得動。

「王小姐，我們現在已經來到第幾個國家了？」老太太問。

我怔了一下，才瞭解她的意思。以前，每到一站，我只告訴她地名和介紹那裏觀光的目的，老太太最關心的就是「我們來這裏做什麼？有什麼好看的？」她大概以爲我們到過的一個地方就是一個國家吧。

「我們到現在還是在美國境內。」我笑着回答。

「我們出來十幾天了，飛機飛來飛去，還在美國?!」她驚訝得目瞪口呆。「美國這個國家，怎麼……那…麼…大啊!!」她又問：「我們來這裏，要做什麼？有什麼好看？」

我故意逗她：「到深山裏來，看樹木。」

「寃枉唷！樹木我們鄉下多得是，何必坐飛機花這麼多錢來這裏看？」她有點氣惱的說。

「這裏的樹木和我們的可不一樣唷！明天整天坐車看樹，妳不要打瞌睡，好好比較一下。」

我笑着說。

「唉！早知道我不該參加旅行團，早點到我兒子那裏就好了。」老太太一心只想到美國看兒子，尤其她一直住在鄉下，如今看到這裏，不像大城市都麼熱鬧、繁華，難怪她沒興趣。

「妳不要心裏只念着妳兒子了，來看兒子之前，順便在美國遊一遊，這機會多難得！如果妳到美國只是來看兒子，沒有跟着繞，跟着玩，妳怎麼知道美國這個國家那麼大啊？明天不只是看樹木，還有很多東西好看的，我們等着慢慢欣賞吧！」

「妳說的也有道理，活了這大把年紀，一直住在鄉下，連臺北都很少去，如果不是來看兒子，可能一輩子也不會出國。這次好在有妳，每到一個地方就給我說明，雖然我說不出那些地名，不過，人家說了，我也知道是那裏唷！」她有點得意的笑瞇瞇，那表情真是可愛。接着又說：

「出來玩是很好，但是想到兒子，恨不得日子過得快一點，什麼好風景都沒有心看，這幾天興奮得晚上都睡不着呢！」真是天下父母心。每次她談到兒子，臉上就顯得特別光彩。

聊了一會兒，離晚餐的時間還早，問老太太要不要現在洗澡？她要晚餐後才洗。因此，我便去沖洗。我們兩人使用浴室的時間錯開，每次我都讓她優先使用，就不會感到不便。

我把長髮用毛巾從後面往前包紮打結，頭髮就不會被淋濕，可盡情的沖洗。我習慣在洗澡時，配合水聲哼哼唱唱自得其樂，消除一天的疲倦。覺得身心輕鬆愉快。心情舒暢時，往往會想好好打扮，因此想在晚餐時，穿得考究些，洗澡前拿的衣服就不想穿了。臨時用大浴巾把身上裹着，心想反正房裏只有我和老太太兩人而已。

我一手抓着身上繫的浴巾，一手抱着衣服，哼哼唱唱的就出來了。沒想到陳立家也在，他斜靠在沙潑上與老太太邊聊天邊抽煙。

「啊！對不起，我不知道你來。」我尷尬得趕緊又走回浴室，把頭伸出來，「請你出去一下，好嗎？」我帶着撒嬌的請求。

「小姐下逐客令了！」他笑着站起來。

「有什麼關係嘛！」老太太挽留他。

「我等下再來。」他走了。

我鬆了一口氣，趕緊出來，從皮箱裏找出一件質料輕軟、款式新穎的洋裝穿上，再把頭髮用卷子卷起來，才開始化粧。等一切穿戴好後，才把頭上的卷子取下來，頭髮就顯出自然的大波浪。

不久，有人敲門，我去開：「小姐，我可以進來了嗎？」他故意裝出滑稽的怪樣。

老太太看看我的打扮，她急着說：「妳穿這麼漂亮！我也要換衣服，等我一下。」她換了一件金絲的旗袍，真是佛要金裝，人要衣裝。

這鄉野旅館沒有大廳，是二層木造的房子，一連九個房間都是我們團裏的，大家走出門外，就可相見。我們不約而同的都穿得很整齊。

也許這次晚餐前休息的時間較充足，大家沖洗後，精神抖擻，自然就想打扮一番。尤其每次到西餐廳吃晚餐，外國人都穿得好整齊，女士們大部分是長禮服，我們雖然沒穿禮服，不過比白天要愼重多了。

餐廳就在我們房間不遠的二樓，好多人排隊，在國外什麼都要排隊，連買東西付款，也是排長龍，剛出來時真不習慣。

「怪怪！這麼長的隊伍，幾時才輪到我們喲？」田達霖叫着。

「急什麼！站在這裏讓你欣賞漂亮小姐還不好？」王德敏說。

「你們看！那邊那位小姐好美！不論臉部的輪廓或身材，都長得好美，真是越看越想看。」我喃喃的說。

「怎麼妳這女生也愛看漂亮小姐？不是同性相斥嗎？」黃榮豪笑着說。

「漂亮的人誰不愛看！凡是美的，我都喜歡。」

「妳先生看漂亮小姐時，妳吃不吃醋？」曹文斌問。

「怎麼會？如果我看到漂亮小姐時，還趕快叫他看呢！」以前他在時，我的確如此。我欣賞的人，他看了說「沒什麼」，我心裏就不舒服。

「有一次，我和太太一起出去，看到一位好漂亮的小姐，忍不住就多看她兩眼，結果大腿被捏得一大塊又青又紫，還曉着嘴巴兩三天不跟我講話，以後有她在場，我只有目不斜視了，一副乖乖的樣子。」曹文斌表情十足的又說又笑，逗着我們大笑，連旁邊排隊的老外也跟着笑。我們看到他們也笑，就笑得更厲害。笑！拉近了我們中外的距離，消除了彼此間的陌生感，大家開始交談，進行國民外交。

司機走過來向我們招手，我們的隊伍就跟着他走進餐廳，把我們安排在三張長桌。我們除了住旅館由小馬分房間外，其他的大家都習慣於小集團，很自然的誰和誰一桌就坐好了。

陳立家不是坐在我對面，就是坐在我旁邊，他說過他比較喜歡坐我對面，這樣他隨時可看到我，如坐在我旁邊，看不到我的臉，他就得老翻過頭來看，太不自然了。我們的默契很好，有時我們兩人之間被許多人隔開，但是我們不需開口說話，相互默視的一刹那，就瞭解彼此的心聲，不管距離多遠，最後還是會坐在一起。

我們的小集團都是單身，只有我一個是女的，我們談得很融洽，他們不會因爲我是女的而有所不便，有時他們開玩笑，帶有黃色的笑話，有時我雖聽不懂也一笑而過。

司機告訴我們，今天要吃什麼，只要菜單上有的都可以點，不管價錢多貴。

「真的?!可別吃飽了，說超出預算，要我們自已補差額喲！」田達霖再三問小馬。

「你這人怎麼這麼囉嗦嘛！隨你點菜，怎麼？反而害怕了？」小馬白他一眼。

「呵！以前我要吃好一點的，你就說超出預算，每人晚餐最多不能超過六元，現在，這價目表上最貴的，高到十八九元，不問清楚，等下要我自已掏腰包，才寃呢！」

「今晚我們真是受寵若驚！我們也不用點最貴的，好吃合口味最要緊。」我邊看菜單邊笑着說。

「咦！怎麼在山裏頭，還會有阿拉斯加的大螃蟹和大龍蝦？」我像發現新大陸似的驚奇！

「在舊金山看到那些海鮮，既然吃不到，反而在黃石公園有這玩藝兒，我們嚐嚐怎麼樣？」王德敏也喜歡海鮮。

「我看，我們六個人點三種，除龍蝦、螃蟹外，再點牛排，萬一龍蝦和螃蟹不理想，還可吃牛排，大家「公家」吃，怎麼樣？」陳立家徵求大家的意見，我們都點頭。

我們自己去拿沙拉後，邊吃邊聊天，邊喝飯前酒，說說笑笑，氣氛十分愉快。

喝了酒後，好像話題特別多，在餐桌上常常可聽到他們背着太太，在外面做怪的風流艷事。

「我太太醋勁很大，每次我應酬回家，她總跟我特別親熱，其實我知道她是在嗅，我身上有沒有女人的香水味。」曹文斌說着，大家哈哈一笑。「後來，我不但自己也噴香水，連車子裏面也噴，她就嗅不出來了。」接着他問我：「妳先生有沒有晚回家，告訴妳說是車子拋錨？」

小馬看了我一眼，我若無其事的笑着思索一會兒，便說：「唔！好像有過！」他樂得大叫。

「對極了！我告訴妳吧！那是騙妳的！其實那是他在外面做樂的藉口。以前，我可以隨便說去吃飯、談生意、再去吃霄夜。但是後來，飯店都規定時間打烊，最遲一點也該到家了，我三四點才回家，這段時間流浪到那裏？沒話說，只好編故事囉，吃完霄夜，送他們回家，他們又不住在同一方向，東西南北都有，當然浪費了我好多時間，送完他們後，最後自己要回家時，車子拋錨了。其實拋錨個鬼！不過要裝得像一點，只好在地上滾一滾，兩手摸摸油，弄得越髒越像，還有一進門裝得又累又氣的樣子，這樣就很像啦，她不但不會懷疑，還同情一把。」曹文斌得意洋洋的說。「這叫善意的欺騙，不犯罰，如果讓她知道實情，那還了得！不天下大亂才怪！」接着又說：「如果我去跳舞的話，回家前，鞋子一定在草地上戳一戳！」

「幹嘛？」我不解的問。

「我太太會檢查，如果去跳舞，鞋底黏有灰啊！道高一尺，魔高一丈，太太再精明，沒有用的！」他越說越得意。

「你蠻會編故事的嘛！」我說，「你在外面應酬，你太太在家做什麼？」

「忙家事啊，孩子們睡了，她就看書等我。」曹文斌說：「每次我回家，累得精疲力竭，她還興緻勃勃的講她的讀書心得。」他搖搖頭又笑著說：「我又不能不聽，不過她確實幫我看了不少書，有許多知識，尤其是有關史地方面的，幾乎都是從她那裏聽來的！我一拿起書就打瞌睡！」他又搖搖頭。

我也搖搖頭說：「你真是的！有這麼好的太太還不知足！」

「我剛好跟你相反，我愛看書，太太不愛看，都是我講給她聽的。」王德敏說。

「難怪你看得變成四眼田雞了。」黃榮豪笑着說。

我們點的龍蝦和螃蟹送來了，大得出乎意料，我們都睜大着眼睛，不敢相信，好美！好大啊！我們都捨不得吃它。

「大家先不要吃，太美了，我到房間去拿照相機，照完後才開動！」田達霖邊站起來邊說，快步離去。

我深深的吸口氣，好香啊！被誘惑得直嚥口水，不到五分鐘，田達霖拿着照相機上樓了，我們每個人都和這豐盛大餐合影。

其他兩桌都是點牛排和魚。看到我們這桌的蝦和蟹，莫不稱奇羨慕。

我們這桌最忙，有的切牛排，有的敲敲打打，把螃蟹和龍蝦的外殼撥開。每個人都可嚐三種不同的味道，大家吃得好過癮，好愜意！

忽然一羣可愛的人上樓來，四五個男的湊着輕鬆快板的民謠，男女都穿着跳土風舞的服裝，到每一餐桌去發傳單，原來他們在附近表演，大家決定，晚餐後也去欣賞。

這裏夏天白晝好長，早上五點天就亮了，晚上九點天還沒黑。我們下樓後，又回房間去拿外套，雖然是炎夏，不過晚上溫度下降，還須穿風衣或外套，這裏真是避暑勝地。

我們找到了表演場所，但售票處的人說已客滿了，要預售明晚的，明天一早我們就要離開此地，只好望之興歎！

大家失望的走出來，在附近的商店逛，買點小東西做紀念。往往在買東西時，大家不知不覺就分散了，因爲每個人想買的東西都不一樣。晚餐後沒有團體活動了，因此各走各的。

我和陳立家從店裏出來時，他們都走了。我們沿着街道漫步，這裏地廣人稀，空氣顯得特別新鮮，我們走完了街道，再往前就沒有房子了，只有高大挺直的樹林，我們在夕陽餘暉下漫步，欣賞北美洲夏日的黃昏。

「人多的地方不要去。」陳立家笑着說。

「沒有人的地方也不要去，小心有野獸出現。」我也笑着說。因爲下午司機在車上時，發給我們每人一張「危險」的警告書，勸告遊客在開車或露營時，特別小心，隨時會有野獸出現。不過我們住的地方，人煙集中，野獸不會在此出現。

在戀愛中的人，膽子往往要比平時大，膽小的人和情人在一起時，也喜歡往人稀少或幽暗地方去，恨不得世界上只有兩人存在而已。

「今天看妳好高興，我也跟着高興。」他的聲調充滿歡悅，他側着頭注視我良久。「妳知道！下午妳剛洗完澡，那樣子好迷人！如果不是因爲有老太太在，我會情不自盡的抱着妳！」說着就摟了一下我的腰。

「在大馬路上呢！」我輕輕的把他的手從腰上推開。

「這有什麼稀奇！老美才不看在眼裏，妳沒看他們在街上那親熱鏡頭！我們這算什麼？」

「我們是中國人，何況還有我們團裏的人呢！」

「真恨不得離他們遠遠的！佳佳，妳真害人，把我這大男人害得神昏顛倒，我的情緒完全被妳左右了，看妳高興，我也高興，看妳皺眉深思，我的情緒就跟着低落，唉！怎麼辦？我真的陷下去了。以前會笑人家，被愛情沖昏了頭，沒想到現在自已也嚐到滋味了。以前我一直認爲愛情是屬於年輕人的，怎麼也沒想到自己這把年紀了，還這麼荒唐，會愛上人家的太太！我怎麼想，都想不出來，也無法解釋，明明知道不該愛妳，不要想妳，但是我沒法控制，我怎麼辦？」他停下腳步，注視着我，握着我的雙手。

我內心深處熱烈的喊着：「立家！愛我吧！只怕你愛我不夠深！我多麼渴望你的愛！這十五年來，我好像生活在沙漠中似的苦悶、寂寞。滿腔的熱情、滿懷的愛，只有隱埋內心，把精神寄託在孩子身上，藉着事業而昇華。如今，愛神再度降臨，怎不叫我欣喜鼓舞？只是他來得太匆忙，又急迫，我還來不及準備迎接，已深入我心。起初，我深思、畏懼、矛盾而迴避。再思慮時，我無條件的投降了，尤其在大峽谷要我一起跳崖以得永恆的愛，我知道你也是寂寞苦悶的人，我要愛你，如果你能從我這兒得到快樂，我要你變成快樂的人。」

「怎麼不說話？」他用手托起我的下巴，我深深的看着他的眸子，「叫我說什麼呢？我也一樣的覺得自己莫明其妙，只怪紅娘好管閒事，牽錯了線。」我笑着說。

「真的?!妳也和我一樣的昏頭？不過，有時候，我覺得妳好冷唷，對我忽冷忽熱的，叫人捉摸不定。」

「我外表冷冷的，其實我有滿腔的熱情，我常常覺得自己是一座暫息的活火山，表面平靜而已，不知什麼時候會爆發，說不定，有一天會熱得把你嚇跑了。」我認真的說。

「我倒希望妳這火山早點爆發，我不會被嚇跑，我等着被融化。」他的手緊緊的握着我，我側着頭看他。

「眼睛別瞪得那麼大，好兇唷！」

我瞇着眼看他。「別這樣色迷迷的看人嘛！」他說。

我又睜着眼看他，「不要，好兇唷！」他說。

「我在含情脈脈的看你，又說我好兇！」我故意不高興的說。

「這是那一國的含情脈脈？瞪着大眼睛，早把情人給嚇跑了。」他看我的表情大笑。

「妳的眼睛又大又亮很漂亮，不過，妳不能睜大，一睜大就顯得兇，讓人覺得妳神聖不可侵犯。不過，我倒希望妳對別人兇一點，我才放心，否則大家都像我一樣的愛妳，那我慘了，一點都沒有安全感。」

「你放心，不管人家怎麼愛我，我不會接受的。也許你會以為我是一個很隨便的女人，因爲在短短時間內，我很快的接受你的愛，自己也付出了。這是以往我不曾發生的，不管你相信與否，我的確驚訝自己遇到你時，爲什麼改變這麼大，好像不是原來的我。如果我回去說給朋友聽，他們怎麼也不會相信。因爲以前，也有不少人對我表錯情，我都無動於衷，但是爲什麼，獨獨對你會這樣特別，我自己也覺得不可思議！我們相處的時間不算長，你還不瞭解我，將來你熟悉我的一切後，你會高興，這麼快就得到我的愛，我不是說自己有多了不起，得到我的愛叫你慶幸，只是我一向把感情深鎖着不易爲人揭開，所以很多人說我好冷，但是你却輕而易舉的……。」

「別說了，我瞭解妳，從妳的談吐舉動，我怎麼會以爲妳是個隨便的人？妳放心，我不會因爲容易獲得妳的愛，而不知珍惜。以前我交的女朋友，都是嘻嘻哈哈玩的性質，只有跟妳在一起，我才會赤裸裸的對妳傾吐內心的話，妳才真正是我的知音，是我所要愛的人。現在回想以前的所謂愛情，只是不成熟的愛！自從愛上妳後，心裏不再有空虛感，覺得好踏實、好愉快。」他又說：「本來我準備到紐約後，就要離開團體，去接洽我的生意，遲兩個星期才回去，現在我改變主意了，我想你們從多倫多飛往華盛頓時，我自已先飛到紐約去，你們在華盛頓的兩天，加上在紐約的三天，一共有五天的時間，我趕緊把業務接洽完，你們回臺北時，我也可以跟你們一起走了。」

停了一下又說：「以前自已一個人飛來飛去，路程遙遠也習慣了，但是現在，跟妳在一起後，覺得自已要飛那麼長的里程，想到就覺得好寂寞、好無聊！」他的表情真摯誠懇，我好感動。

「只有五天的時間，夠嗎？」

「我事先會給他們電話，約好見面的時間。現在我不打算讓紐約的朋友知道我要去，否則他們不會放我走的。本來，我打算到紐約後，停留一段時間，所以給廠商的電報，沒有告訴他們確定到達的日子。現在時間短促，我想到芝加哥時，就先跟他們連絡。唉！佳佳，我說嘛！我完全受妳控制了。」他搖搖頭笑着說。

我心裏一陣得意，高興的笑着說：「我可沒有要你改變計劃的喲！」

「是我自己心甘情願的，沒話說。」他誠懇的說：「要愛人，總得要付出代價的！」

「希望沒有誤了你的事。」我有點擔心。

「怎麼會！相信這五天，我會辦得很起勁，因爲我懷着希望，希望跟妳一起回去，你們到達紐約時，我還是跟團體住在一起，所以只有你們在華盛頓的兩天，我們不能見面，只要到達紐約後，我事情一辦完，就來找妳。」他滿臉歡笑，「說不定，事情辦得順利，我提早結束，又可和妳一起旅遊了。」

我們這樣難捨難分的渴望相聚，以後回到臺北，怎麼辦？

天色漸漸暗了，公園內夜幕低垂，氣溫也漸漸下降，我們踏着輕快的脚步，携手細語的朝着旅館的方向走回。

黃石公園景色綺麗

清晨，我們吃完早點後，小馬和司機忙著點算餐廳爲我們準備的野餐盒和飲料。今天我們將整天坐在遊覽車內，遊歷馳名的國家公園。

司機發給我們一張地圖，介紹我們要走的路線和地勢。黃石國家公園分爲五大區；有老忠實溫泉區、黃石湖區、峽谷區、媽夢溫泉區和羅斯福帳蓬區。黃石公園因火山、地震、地層斷裂和河流沖擊等等的地質變化，造成黃石公園瑰麗怪異、雄偉壯觀的奇景。

公園的進口有東西南北四處。我們由波玆曼南下後，住宿在西邊的入口處附近。今天由西邊進入公園，在園內環繞一週後，晚上將住宿在公園西北邊的媽夢溫泉旅館。

從車內看去，廣大的地面上，熱氣蒸騰，煙霧迷漫。我們下車沿著木板搭成的小路，觀賞大大小小白煙濃味的溫泉。有的噴泉噴氣孔蒸氣迷漫，有的熱水池塘，和熱的沼澤，連泥巴也在翻騰冒泡，駐足觀賞，千奇萬幻，十分引人。

老忠實溫泉是公園內最大最吸引人的有名間歇泉，泉水每六十—六十五分鐘有規律的噴向空中，長達四分鐘之久，最高可噴一二五—一七〇呎。它是黃石公園的象徵。溫泉激烈高聳不斷的噴出地面。每天有二十—二十三次，年年月月日日從未停止。由這次噴出的時間，可預算下一次要噴的時間，假如噴的時間短，只維持二分鐘的話，那麼四十五—五十五分後將會再噴。如果噴的時間較長，達三—五分鐘的話，下次噴的時間就在七十—八十五分之間。

我們到達老忠實溫泉時，周圍已有許多遊客靜靜等待它的噴射。我們也坐在木椅上，幾乎每個遊客都拿著照相機等著獵取這新奇的鏡頭。

老忠實在我們左呼右盼下，才稍有點動靜。開始噴時，好像有氣無力的噴出地面不高，却又暫息一陣，我想它日日夜夜不停的噴，總有一天也會像他們的人一樣「罷工」不噴了，也許它太累了，或許故意同遊客開玩笑，在觀衆幾聲惋惜之後，才看到它挺直激昂的冒出地面噴向空中，按照相機的快門聲此起彼落，大家都以老忠實爲背景。要上鏡頭的人都是背對著它，因此一照完相，趕緊轉過身來觀賞，深怕錯過了這難得的機會。

老忠實漸漸的又平息了，像魔術似的，濃煙白柱不見了，噴口處只有平凡的白煙嫋嫋，誰會相信它激昂高射時的雄偉？

我們走回遊覽車，我對老太太介紹老忠實，她疑惑不解：「我不相信它是天然的，一定是地下有機器在操作，怎麼可能這麼剛巧，大約一個鐘頭就自己會噴一次？美國科學那麼發達，他們故意這樣做，要吸引觀光客的，我才不會被騙呢！」

小馬也解說一遍，沒想到老太太還真頑固，她就是不肯相信。

「大概老太太被廸斯耐樂園和環球製片廠攪糊塗了。」我們都這樣推測。

公園內還有一座叫人難忘的大彩色溫泉，它是一座熱水湖，湖面上的蒸氣，猶如一層白紗籠罩，把藍色湖面薄薄的遮蓋著。依稀可見到白霧下的瑰麗藍色湖水。周圍是層金黃咖啡色的湖邊，整個湖面，色彩瑰麗，叫人流連不去。

中午我們在黃石湖邊野餐，每人拿一盒野餐，自己找地方坐，三五成羣的小集團，有的坐在樹林下，有的在野餐桌上，在黃石公園內野餐，別有一番風味。

我們到達峽谷瀑布區，陽光普照，熱得我們滿頭大汗，走到樹蔭處，一陣涼風吹來，真叫人舒暢。

我們沿著只有數層的石階登上瞭望臺，遠處絕壁懸崖上的流水傾注，卽形成頗爲壯觀的瀑布，懸崖下是層層叠叠的斷崖山石，其氣魄雖沒有大峽谷來得宏偉壯觀，不過也算相當引人入勝。

龍口溫泉是熱泥漿的溫泉，在一個好像地洞似的洞口，有熱氣蒸滾的泥漿，不停的翻滾，熱氣隨著飄蕩升騰，變幻無窮。

公園內的野生動物、植物或鳥類，都是保護的，不能隨便獵射。園內的動物都沒有籠關著，自由自在的在園內生存，我們看到最多的有枝角鹿、水牛、板角麋、野兎等，聽說還有灰熊、黑熊、長尾豹、土狼等等，不過兇猛的動物並沒有看到。

我們住的媽夢溫泉旅館，是一排排木造的平房，每兩房間相隣一棟，每棟間還有間隔，因爲是在山中，膽小的人就怕自己的房間被分配到邊間。

老太太對小馬說：「好心一點，把我和王小姐的房間夾在當中，否則我不敢睡！」

「不用怕啦！有什麼事，妳一叫，我馬上就過來了。」小馬安慰她。真沒想到老太太的膽子那麼小。

小馬把我們的房間和陳立家的分在一棟。進房時，她說：「靠門的床給妳睡，好不好？」

「可以，我睡在外面保護妳，否則山賊把妳搶去，對妳兒子就無法交待了。」我笑著打趣的說。

「哎唷！這窗子沒有鐵框，玻璃敲破就可進來，多危險啊！」老太太走到裡面，看見大玻璃窗大叫。

「放心好了，不會有小偷的，妳帶多少黃金或美鈔？怕被搶？」

「沒有啦！我女兒叫我不要多帶錢，我又不會買東西，我怕被殺。」

「他們殺我們做什麼？無怨無仇的。要錢沒有，要人我們都上年紀了，搶去做什麼？放心，我會保護妳，何況隔壁的陳先生和小馬他們，一有動靜他們就會過來的。」我安慰她，沒想到年紀這麼大了，膽子還這麼小。

以往我都是睡在靠電話邊的床，因爲她不想接電話，今天這山中的旅館房間內，沒有電話，明天的電話叫人起床，看樣子要逐戶敲門了。

司機分給我們房間鑰匙時，也順便分給我們餐券，在餐廳營業時間內自由去吃，就不用集合大家一起去了。

我們放下行李，大家都走到門外，坐在屋前的門檻上乘涼聊天，地上好多地鼠跑來跑去的在鑽地洞，一點都不怕人。

高太太把花生米丟在地上，看牠們在搶逐，蠻有趣的，牠們的樣子蠻可愛的，不過氣味並不好嗅。

雖然大家不用集合一起走，因彼此住得很近，又都同在地面上，不像住在大旅館分成好幾樓，所以要走之前，大家一叫就一起出發了。

餐廳的服務生，胸前別著牌子，有他們的姓名和城市的名，招呼我們這桌的是位年輕可愛的女孩，她的城市是紐約，我們問她是什麼意思，她說她是從紐約來打工的學生，這裡的服務生都是各地的學生，利用暑假期間打工賺學費，要回去之前順便遊歷黃石公園，這倒是蠻理想的旅遊賺錢兼顧。

晚餐後，梅老先生、老太太和我們一起散步。看見前面建築物大廳裡有舞蹈表演，我們走過去看，一大羣男女老少在跳土風舞，老太太不感興趣，梅老先生陪她回去。

我和陳立家在散步，因爲房裡沒電話、沒電視，太早回去真沒意思。過慣了都市生活，偶而到山中享受寧靜，心情顯得舒暢神怡，尤其是和自己喜歡的人一起走，一點都不覺得累。後來遇到小馬他們，加入他們的陣容，一起做無目的地的遊蕩。山中沒有商店，只有在外欣賞黃昏景色。

坐了一整天的車子，又走了一大段路，大家都有疲意。明天六點半起床，八點就要出發，大家都想「回家」休息。

因爲一排排的房子格式都一樣，同一地區，有好幾排房，我們轉了好久，就是找不到我們的房間號碼。大家分散到各小巷去看號碼。這時天色已暗，很不容易看清。

最後，王德敏大叫：「找到了」，才結束這迷魂陣似的尋屋。

芝加哥的離別晚宴

在黃石公園遊歷二天，觀賞園內的奇景風光，今天一早我們由北邊出口，告別了這聞名的國家公園，遊覽車往畢寧斯駛去，我們要搭十二點多的飛機，飛往芝加哥。

沿途兩旁都是廣大的農田，景色單調，大家紛紛閉目養神。到達機場辦完手續後，又開始登機，下午四點多才到達芝加哥，進入旅館又已是晚餐的時間了。

因爲在黃石公園內，吃不到米飯，所以到芝加哥的中國餐廳，大家吃得津津有味。

聽說芝加哥的治安很差，黑人又多，心裡很沒有安全感，因此晚餐後，大家都乖乖的回到旅館去，不敢外出。

次日是市區觀光，坐在車上遍遊芝加哥的街道，觀賞高樓建築物。葛倫特公園，沿著密西根湖畔，位於中環區的東邊，是居民的休憩中心。公園內，近湖邊有水族館，內有二百五十種的水棲類，一萬隻的動物。

芝加哥美術館也在葛倫特公園內，建於一八六六年，是芝加哥的文化、藝術中心，館內陳列著許多歐美與東方的藝術品。此館還設有一美術學校。

公園中央有一紀念噴水塔，是紅色大理石建造，噴水高達四十一公尺，四周有小噴泉與大噴泉互相輝映。

在公園南面，有一自然歷史博物館，有豐富的人類學、植物學、動物學、地質學。石器時代的器物也在館內展出。

芝加哥大學位於華盛頓公園與傑克森公園之間，校內有一百多棟建築物，大多是英國哥德式的格調，校景壯觀。芝加哥大學是芝加哥市民的一項榮譽。校園內有東方研究中心，內有埃及、巴比倫、尼尼微的考古參考資料，可以推溯至西元前三千年。校內禮拜堂有世界最大的鐘樂器，大學圖書館存書一百多萬册。學校以經濟系、政治系、數學系、物理系、化學系、天文系等爲最傑出。

我們在密西根湖畔休息，欣賞湖光水色，湖面帆船點點，遊艇快速飛駛，使畫面更加生動。我們在湖畔照團體相，因爲從芝加哥開始，團裡的人將漸漸減少，各奔東西，離別的氣氛逐漸加濃。

老太太的兒子，昨晚已來過電話，他不住在芝加哥，開車過來還要好幾小時，今晚下班後才要起程。明天我們飛往多倫多時，他才接老太太走。

今天整天，老太太都心神不定，恨不得時間飛逝，馬上就與愛子會面。

下午四點結束觀光，在晚餐前是自由活動時間。我回到房間內覺得好累，躺在床上看電視，老太太在整理她的皮箱。

陳立家敲門進來，笑著說：「幾家廠商都連絡好了，希望辦得順利。」我也希望如此。

「不出去？」

「此地治安不好，走在街上，心裡忐忑不安，沒有一點安全感，細胞不知要死多少？還不如在房間裡看電視！」

「身上不要多帶錢，不要打扮得太漂亮或配戴得金光閃閃的吸引他們，萬一倒霉碰上了，身上的幾塊錢給他就是了嘛！」

「破財消災？要是他嫌少，抽一刀怎麼辦？萬一真的倒霉遇上了，那種心驚肉跳，精神上的恐懼才不是那幾塊錢的損失，以後我的惡夢才真有得做呢！」

「妳常做夢？」

「何止常常，沒有一晚不做夢的，還不只一個，有時一個晚上連做好幾個，人家說什麼白天所思，夜裡所夢，我一點都不相信。常常在我夢中出現的人我根本就不認識，地點也是沒到過的陌生地方，像電影似的還有劇情呢！有一次做夢吃西瓜，又冰又沙，真是吃得我沁心涼爽，醒來時，原來被子掉在地上凍醒的。做好的夢，醒來好快活，不過大部份是惡夢比較多，像被人追趕啦，有人要殺我啦或逃難啦，嚇得跑都跑不動，醒來時，如果還是黑夜，更恐怖，全身癱瘓似的，動都不能動。我還有夢中夢的經驗，有一次我在夢裡做夢被人追趕，我拼命奔跑，跑到山崖上，不幸中了槍彈，掉進懸崖裡，從那高崖上掉下去，好難受，心想這下子完了，中槍彈就是不死也被摔死，摔到地上時，夢中的夢醒了，慶幸自己沒死，原來是做夢，一聲電話鈴響，才真正把我吵醒，醒來身心都覺得好疲倦，連拿聽筒的力氣都沒有。我曾經在報上看到說做夢會幫助睡眠，真是鬼扯！有一陣子，晚上被夢攪得不能安眠，還去看過心理醫生，他也沒辦法，還幽默的說：『讓妳每晚享受免費電影還不好！』有時候，我連白天打盹都會做夢，那才真叫白日夢呢！我好希望能交上一位會解夢的朋友，一定很有趣。我有太多稀奇古怪的夢。」

「以後妳做完夢時，馬上記下來，不是很好的小說題材嗎？」

「我曾做過又恐怖又噁心的怪夢，醒來馬上寫在日記上，但是那樣很痛苦，因爲剛做完惡夢，心有餘悸，手一點力氣都沒有，醒來那一剎那，整個劇情還很清晰，但是寫到後面就模糊了。我常常強迫自己把惡夢忘掉，讓自己回憶在美夢裡。」

「出來旅行還常做夢？有沒有夢見……？」他看了一下老太太，她正低著頭在理東西。他指指他自己的鼻尖。

我笑著說：「他？當然有啦！還是主角呢！」

「我倒希望他每晚都是妳夢中的主角，這樣，妳醒來後，就可回味無窮了。」

「你這麼確定有他出現的夢，就一定是會讓我回味無窮的？說不定，他叫我生氣呢！」

「他果真那樣可惡的話，不用等到醒來，在夢中就賞他一巴掌。」

「才不呢！在夢裡打人是最累的，並且也打不到。」

晚餐還是到中國餐廳，小馬特別加菜，還請大家喝酒，明天老太太就要離開團體了，大家都舉杯敬她。田達霖說：「歐巴桑，妳這樣就要把我們拋棄了？妳忍心？我會思念妳喲！幾時回去？不要忘了回去唷！」

「不會的！叫我住在外國，我才住不慣呢！這次主要是想來看看兒媳和抱抱孫子。等下一個旅行團來，我就跟他們一起回去，叫我一個人坐飛機，我不敢！」接著她站起來，舉著杯子：「我敬大家，沿途叫你們費神了，大家給我幫忙好大，這兩個多星期來和大家相處得像一家人，我好歡喜，謝謝大家，回去後，你們有到臺南來，一定要來找我，我自己養了好多土鷄，比這裡的鷄不知要好吃多少！」她又對我說：「王小姐，也謝謝妳，和妳同房真高興。」

她對大家說：「她真辛苦，回到房間去，還常常說故事給我聽，不會嫌我這老阿婆，常常給我說明，介紹我們到過的地方，現在我懂得不少了呢！她還常常替我梳頭，你們看！我這阿婆頭就是她梳的！」老太太笑瞇瞇的把頭轉來轉去的給大家看，那得意的模樣，真像小孩。

幾位太太就大談頭髮經，在國內都是上美容院慣了，現在要自己洗自己梳，還真不知從何下手。因此我就把自己洗頭做頭的心得傳授一番，氣氛旣輕鬆又熱鬧。

晚餐後，小馬帶我們回旅館，導遊陪著幾位單身漢去 Night Tour。

陳立家走在我身邊，我似笑非笑的說：「你不跟他們去？」

「開玩笑?!現在我怎麼會去？有妳，別的什麼興趣都沒了。」

「這次如果不是遇到我，大概也加入他們的陣容囉？」

「有這可能。」他誠實的點點頭。

「這麼說，你太太可要感謝我囉！因為我把你變得這麼乖的。」

「還說呢！偷去了人家整顆心，還叫人家感激妳？妳喔!!真是貪得無厭！」

回到旅館，他又到我們房間，和老太太三個人在聊天，電話鈴響，老太太高興得以為是她兒媳到了。原來是小馬，他知道陳立家在此，便提了一瓶酒和核桃花生等，過來聊天喝酒。

每個房間的杯子只有兩個，陳立家又回他的房間去取杯子。椅子只有兩把，我們把桌椅拉近床舖，我和老太太坐在床上。我們聊天，吃花生核桃、喝喝酒，好愜意！

只有老太太等兒媳等得焦急，「怎麼還沒到？」

平時我喝了酒，就想睡覺，所以在外面只是淺沾而已，今晚是在自己房裡，心裡沒什麼顧忌，邊吃花生、邊喝，不知不覺喝了不少，這「約翰走路」使我昏昏欲睡。眼睛愈來愈瞇，不得不下逐客令了。

「抱歉！我好想睡哦！」我沒力氣的說。才結束了我們的龍門陣。

他們一走，我快速的卸粧後，很快就進入夢鄉。睡得迷迷糊糊，好像聽到有人敲門，在講話，我吃力的睜開酸澀的眼皮，看見一對年輕男女，女的抱著娃娃和老太太在講話。

「妳醒了，對不起，把妳吵醒了。」老太太替我介紹她的兒媳。

「真是抱歉，這麼晚了還打擾妳，因爲晚上在公路上，路標沒看清楚，出錯了出口，繞不同來，多走了好多寃枉路，浪費了兩個小時，心裡愈急就愈容易出錯。」她兒子解釋晚到的原因，談了一會兒，她兒子到樓下訂房間，老太太怕吵了我，也跟他們一起過去。

我覺得好累好睏，喉嚨好乾，喝了一大杯冷水，倒頭又呼呼大睡。

早餐時，小馬開玩笑的說：「晚上還喝不喝？妳的酒量不錯嘛！」

「不喝了，天天喝不變成酒鬼？再喝又要不客氣的下逐客令了。」

陳立家坐在我對面，關心的問：「頭痛不痛？」我搖搖頭。「我並沒醉，只是喝完酒就想睡覺，半夜喉嚨乾得難受而已。」

「昨晚妳是喝了不少，沒想到妳的酒量這麼好。」

「王小姐，幾時我們較量一下？」曹文斌說。

「我才不呢！傻瓜才比賽喝酒。我天生會喝酒沒錯，但是我要看氣氛和情緒，我不隨便喝，尤其最討厭乾杯。我喜歡和朋友邊聊天慢慢的喝，我欣賞舉杯淺飲的氣氛，那情調好柔好美。通常我喜歡在心情愉快或工作告一段落時，喝點酒，可幫助睡眠。」

「聽見沒有？人家有氣質的人，連喝酒也是斯斯文文的，那像你！」黃榮豪拍了一下曹文斌的肩。

「我覺得那樣小口的喝，多不過癮、多不乾脆！舉頭而乾多豪邁！」曹文斌不以爲然的說：「本來喝酒的目的，就是要享受那飄飄然的醉意，大口的乾，醉得快，更快的達到目的。」

「你那樣叫牛飲！」黃榮豪笑著說。

「我們欣賞的角度不同，我是欣賞喝酒的過程，爲陶醉那柔美的情調而喝，你是爲享受喝酒的目的，欣賞那飄飄然的醉意而喝。當然我們喝酒的方式不一樣了。我爲了要保持那情調，不願叫自己醉，所以淺淺而飲，而你是希望早點達到醉意，當然要大大口的喝了。」

「唔！有理有理！」羅平他們在餐桌的那一端贊同。

「本家妹子，沒想到妳對喝酒的看法，還真有一套呀！」王德敏不斷點頭。

陳立家也微笑不語的注視我。

餐廳裡的人，都匆匆的吃完早餐趕著上班，只有我們這羣觀光客，這麼輕鬆的在大清早大談喝酒經。

在旅館大門，大家告別了老太太後，遊覽車把我們載到機場，搭機飛往加拿大的多倫多市。

美麗的多倫多，揭開了我的秘密！

由芝加哥飛往多倫多是進入另一國家，下了飛機又要重新接受移民局和海關的查問。加拿大海關對自已國內的居民，查得很嚴，但對觀光客倒很客氣，行李都沒打開檢查就通過了，省了我們好多麻煩。

我們剛踏出出口，一位小姐微笑的問是不是從臺灣來的旅行團？我點點頭，以爲她是我們團裏誰的親友，她笑著問：「全團是不是有十七位？行李有幾件？」

「現在只剩十六位了，行李有十九件。」王德敏熱心的搶著答。

「小姐是不是我們的導遊？」田達霖問。

只見她微笑點頭：「你們的領隊是那一位？」

「領隊小馬和行李都還在後面。」曹文斌說。

「你們累了吧？請先上車，車子已在外面等了。」

沿途的導遊除夏威夷外，都是男的，現在來了一位小姐，難怪大家覺得好新鮮。她要說話前，總是先微笑，給人一股親切感。

我們坐在車上等，看見她笑著跟小馬邊談邊在車外等候司機裝行李。幾個單身漢都在誇獎：「這小姐的身材不錯。」

「氣質也不錯。」

「笑起來好甜唷！」

她的衣着打扮十分高雅，給人的印象很好，她長得並不美，却有一股吸引人的魅力。我欣賞她的化粧，淡雅宜人，臉部的顏色與服裝的色彩，搭配得恰到好處。她的氣質的確不錯，我一直注視著她的一舉一動，也一直在研究她身上的洋裝是怎麼剪裁的？

他們上車來了，坐在前排，小馬介紹：「這位是艾梅小姐，我們公司在多倫多的代表，在多倫多一切的活動都是她安排。如果大家有什麼問題，可請教她。現在，我就把麥克風交給艾小姐了。」大家熱烈的鼓掌。

「非常歡迎各位到多倫多來遊玩，這兩天在多倫多吃的我安排中餐，明天早餐是吃稀飯……。」大家聽到有稀飯可吃，高興得大叫，又是一陣鼓掌。

何太太要求：「小姐會不會講臺語？講幾句臺語，不然我們這些老的聽不懂。」

「臺語我是會講，不過太久沒講，怕講得不好，以前在小學時候學的，以後就很少講。我先用國語，再用臺語，講得不好請多多包涵！」她真的說了國語，又說臺語，真是辛苦。

「現在我們先到餐廳去吃午餐，接著去遊湖、市區觀光，這部車，我們可用到五點，所以我想五點鐘以前到達旅館就行了。如果吃完飯先到旅館，車子在等我們辦 Check in，太浪費時間了，這樣一個下午就過了。所以先去遊玩最後才到旅館。明天早上還是在市區觀光，今天來不及去的地方，明天還有機會。」

「這小姐不錯，蠻有計劃的，先讓我們知道自己的行程是應該的，不像以前，只是傻傻的跟著導遊走。」

「從機場往市區走，公路不擁擠的話，大約二十分鐘就可到。機場是在多倫多市的西邊，Downtown 在南邊。在路途上，我簡單的介紹一下加拿大，她的面積有三八〇萬平方英里，是世界第二大國，僅次於蘇聯。她分十省和兩個特別區，最大省是魁北克，就是大家在報上看到曾鬧過要獨立的，只有魁北克是講法語。英語和法語是加拿大的國語。人口最多的一省就是安大略省，多倫多是安大略省的省會，國都是渥太華，也是在安大略省。這省的面積占全國面積的十分之一，分為南北兩個區域，南安大略氣候溫和，很早就有移民定居，是全省經濟中心，也是全國的經濟中心，多倫多是在南安大略。安大略是印第安語，意指「水邊之岩石」，境內有很多湖泊。全加拿大人口只有二三〇〇萬人，多倫多的人口有二八五萬人，華人約有十萬，在中國城看到的幾乎都是黃種人，招牌和街名也用中文，在這裏可以吃到中國餐，講中國話，看中文報紙，看中國電影，所以不覺得是在外國。」

「多倫多是在安大略湖邊，景色很美，飯後我們坐船遊湖，這湖很大，比我們臺灣的面積還大。各位現在請看左邊公路旁的湖，那湖就是安大略湖。」

「真有那麼大？」大家都有點懷疑。

「現在請各位看看正前方有一高塔，那是 CN Tower，是目前世界上最高的塔，有一八一五呎，是加拿大傳播公司，委託加拿大國家鐵路局（CN）蓋的，塔上有廻轉餐廳、瞭望臺，也有廸斯可舞廳，最頂尖是天線，我們遊完湖後，要登上高塔一覽全多倫多的景色。」

「這裏有沒有舞廳？」曹文斌問。

「這裏要跳舞很簡單，夜總會、大旅館都有，只要喝杯啤酒，就可下去跳舞，不過舞伴要自己帶去。」

「這裏的治安好不好？晚上在街上走，安不安全？」王德敏問。

「這裏的治安很好，不用擔心，不過我們出來旅行，還是小心點，尤其是買東西，不要大疊鈔票拿出來，那樣太刺激人，太引誘人了，財不露白，希望大家快快樂樂的旅行，平平安安的回家。」

「晚上吃完飯後，我會把旅館的方向位置告訴大家，把你們帶到餐廳附近的 Eaton's，那是北美洲最大的購物中心，晚上營業到九點，你們可以自己去逛，不逛的人就跟我回旅館休息。」

「太好了！這裏有沒有『洗眼睛』的？」黃榮豪問。

艾梅楞了一下，眼珠一轉，笑著說：「洗眼睛的節目在 Yonge Street 上有，在我們住的旅館不遠的街上，飯後我告訴你們怎麼走，那條街很長，各式各樣的都有，它把多倫多分爲東西兩半。南北是以 Bloor 爲主。如果逛遠了走不動，可坐計程車，請記住要付百分之十的小費。在餐廳也是要付十至十五的小費，不過團體吃飯時，你們不用另付小費，由公司一起付。早晨，每人放一元小費在枕頭上或床頭櫃上。」

「加幣和美金的比率，每天都有變動，今天是一比一・一五一六，就是一元美金，可換一元一角五分的加幣。如果不買東西，不要換太多，否則離開加拿大到美國，又要把加幣換回美金，換來換去划不來。」

在車上，艾梅一直不停的說，一下子就到中國城了，兩旁商店的招牌都用中文，真的不像是在外國。

餐廳的裝潢古色古香，牆上有國父和岳飛被岳母刺背「精忠報國」的畫相，老板態度親切，菜肴又十分合口味，大家吃得非常高興，對多倫多的印象更好。

大家對艾梅滔滔不絕的解說，非常滿意，與趣頗濃，提出的問題特別多，連在餐桌上也不放過。

「大家好心一點吧！讓小姐吃點東西吧！我們邊吃邊聽，但是她一直講，都沒時間吃呢！」我看她只顧回答，很少動筷子，不禁勸她多吃一點。她對我微笑的說：「我就是吃東西太慢了，一趕就沒味口。」

我們走出餐廳，要上車時，她笑著向陳立家說：「先生貴姓？」

「敝姓陳。」

「住臺北嗎？覺得您好面熟！」

「住臺北仁愛路四段，艾小姐以前也住臺北？」

她點點頭：「以前住臺視後面，常走敦化南路、仁愛路，有時走南京東路。覺得陳先生好面熟！好面熟！或是像我的朋友，一時想不起來。」

我聽了心一怔，又有誰像他了？陳立家的模樣神采真有那麼多人像他了？我以為他是清泉的化身，現在看艾梅凝思追憶的神情，她的朋友也像陳立家？

我們坐遊艇在湖邊遊了一小時，艇上有位小姐介紹湖邊風光。因為艇上剛好沒有別的遊客，因此艾梅就把麥克風接過去，滔滔不絕的介紹，遊到中央島，那是夏天最好的遊樂勝地，島上有許多供大人小孩的遊樂場所，也有烤肉野餐地區，公園附設烤爐和野餐桌椅，遊客自備人造煤和肉類，這裏常常香味四溢，令人迎風垂涎。

島上有一沙灘，可在那享受日光浴或游泳，也可租脚踏車等等，在島上遊玩一整天還樂此不疲，捨不得離去。我們的遊艇遇到環島的小火車，大家互相招手，看見空中纜車，我們也相互揮手，島上遊玩的遊客，看見我們的遊艇，都微笑揮手，覺得加拿大人好親切！

「那鴨子好肥唷！」大家看了湖邊成羣的鴨子，異口同聲的叫著。

「是呀！烤鴨三吃太棒了！可惜，只有傻瓜的加拿大人不曉得吃！」艾梅笑著說：「捉一隻，罰五百元！」

難怪野鴨這麼多！

從湖面上看 CN Tower，壯麗雄偉，一點沒有被其他建築物遮住，完全挺立在湖面上，因此大家紛紛攝下這難得的鏡頭。

CN Tower 就在湖邊不遠處，因此從湖邊上車後，遊覽車駛進高塔，我們乘升降電梯，這電梯設計新奇別緻，它攀附著塔身的外皮上下飛駛，我們可從透明的大玻璃門窗看到外面的景色，一分鐘就已高達瞭望臺。

「欲窮千里目，更上一層樓」，這瞭望臺離地面已有一四五〇呎，是世界上電梯所能到達的最高點，在此縱眼遠望，據說天氣晴朗時，可看到七十五哩外的尼加拉瀑布的噴霧奇景。

艾梅把全多倫多市的方位指示給我們看，俯瞰全市景色，到處是一片綠意盎然與廻巡交錯的公路和鐵路網。

這裏也許是地廣人稀吧，只是在市區有高樓，其他部份的高樓並不太多。

遊覽車到達旅館，將近五點，分完房間鑰匙，艾梅宣佈：「六點半在大廳集合，將走地下街到中國城吃晚餐。」

我和艾梅同房，一進房間，她脫了高跟鞋，喘口大氣的往床上躺：「累死我了。」

「妳是我們所遇到最好的導遊，大家對妳的敬業精神十分稱讚，我們都好滿意。」我發自內心的讚美。

「我只是盡我的能力，現在我是導遊，我就要把自己所知道的告訴大家，或回答大家的疑問。」

「以前在臺灣，妳是做什麼？」

「教書。」

「難怪妳講得那麼好、那麼生動，介紹得那麼詳細，大家都聽得津津有味。有的導遊一問三不知，大家就不再發問了，有的口才又不行，講得結結巴巴的，看他們年紀輕輕的，都知道是沒有經驗，就算了。」

「我也是客串的呢！因爲自己喜歡旅行，也到處遊玩過了，知道遊客們的心情，所以容易把握重點。」她坐起來，揑揑脚指，按摩小腿。

「妳帶團還穿高跟，不更累嗎？」

「已經習慣了，反而穿平底鞋不習慣。每次要到機場去，我就穿得比較考究一點，如果不到機場，我也穿牛仔褲，行動自如。」我頗有同感。

「我們這團人數少，是不是比較好帶？平時一團多少人？」

「大部份是四十幾位，人數多少對我來說，差不多沒有什麼兩樣，人多我也是這樣講，人少也是這樣講。」

「妳這件衣服好別緻，是在這裏買的？能不能請妳站起來，讓我看看是怎麼剪裁的？」

「在香港買的，是意大利的。其實簡單得要命，我把腰間的帶子解開，妳就一目瞭然了。」

她解開帶子，是一件又寬又長的布袋裝，身上不同的花紋，原來都是印好的。」

「妳對服裝很感興趣？」

「我開了一家『佳佳服裝公司』」。

「原來如此，進口服裝？還是自己做？」

「進口布料，自已設計，有時也仿造外國的式樣。我們的對象大部份是中年以上的有錢濶太太們，只要好看時髦，多貴她們都捨得買。」

「有眼光！一些服裝公司專門做些年輕苗條的衣服，其實年輕人穿什麼都好看，何必費神去爲他們設計？況且他們的購買力也不如中年人。如果我要做服裝生意，我一定專做中年婦女的生意。式樣簡單高雅，質料好的貴重的，一定很受歡迎。尤其近年來國內的人民生活水準普遍提高，大家都吃得好，穿得講究。到了中年，經濟都很好，也捨得買。妳覺不覺得？打開滿滿的衣櫥，總是覺得少一件？」她笑著說，我當然點頭同意啦。

艾梅帶我們走地下街到中國城去吃晚餐。多倫多的地下街道，規模相當大，我們以為只有幾間商店而已，沒想到就像地面上的街道，整潔美觀，家家的櫥窗都佈置得很吸引人。我們在那兒走，一點都不覺得是在地底下。

Eaton's Center 是在 Yonge 和 Dundas 街上，是目前北美洲最大的購物中心，其建築物十分新奇獨特，內部商品之多，規模之大，真是消遣逛街的好去處，可惜我們的時間有限，短短的兩個小時，只能隨便走走看看而已。

多倫多的交通，路線密佈，車輛又多，四通八達，每人只要六角就可以搭 Subway 轉 Bus 或 Street Car，不需另外再給錢或付車票，不過轉車必需拿轉車票，在每一 Subway 出口，不是有 Street Car 就是有 Bus，可繼續轉幾趟車，這轉車只可往前而不可回程，在轉車的時間不可超過半小時，否則轉車票就作廢了。

次晨，我們吃了一頓想念頗久的稀飯，個個吃得笑逐顏開，精神抖擻。

我們的行李裝進車上，又開始市區觀光。

市政廳是現代化的龐大建築，其格式新穎奇特，是兩座對峙的弧形大厦，市政廳和 CN Tower 是多倫多的象徵。

洛馬古堡 (Casa Loma) 是建於一九一一年，位於市中心的山丘上，內有九十八間房，有完整的城垛及密道，是 Henry Mill Pellatt 當年投下兩百萬元興建這富有浪漫歐洲風味的古堡。這古堡的特徵是從任何角度看都非常完美，據說其建材都是從歐洲運來的。一九三九年 Henry 八十歲時，生意失敗，無法維持古堡的費用及稅金，政府接收後改爲觀光古跡，招來不少觀光客。

多倫多大學校舍古老純樸，創於一八五九年，當初只有一千六百學生，現已增加到四萬八千多，百分之六十是女生。多倫多大學附近的皇后公園，有一建築宏偉的議會，廣場前種有許多色彩艷麗的花圃，在綠茵茵的草地陪襯，顯得格外奪目。

多倫多市到處是花草樹木，遍地是綠油油的草地，街道整齊。這裏的人親切和藹，因此覺得多城好美！好美！在這恬靜、幽雅的環境裏生活，人們顯得悠閒自在，不像別的大城市的人羣，總是來去匆匆，擁擠、緊張得令人透不過氣來。

市街的路邊，高聳的建築物前，總是有一塊塊綠綠的草地與艷麗的花圃，大大小小的公園，到處可見。公園是老人與孩子們的好去處，長長的木椅上，經常有老人小坐或在那兒晒太陽。孩子在公園奔跑、遊戲或游泳。

加拿大政府對兒童的照顧，真是無微不至。每個孩子從出生至十八歲可領取牛奶金，每月二十元，如期滙給母親，簽字後才能用，爲何不寄給父親？據說怕被父親拿去喝酒。

孩子上學至十三年級完全免費，學校多，班數少，離家很近，很少讓學生越過馬路。政府對兒童的安全非常重視，屋裏如有十二歲以下的兒童，必須有大人照顧，否則只留著兒童沒有大人，發生危險，家長要受罰。

這裏人們的生活，悠閒而安樂，由於社會福利設施健全，人們參加健康保險，看病住院一切免費，失業有失業津貼可領，年老了有退休金、養老金。

稅率是累進法，賺錢愈多，課稅愈重，因此人們不願太辛苦多賺錢，以備老年時用，也不用積蓄太多錢。他們一週工作五天，利用週末假日去游泳、划船、釣魚、露營、爬山、滑雪等。週到假日就紛紛全家出外渡假，人們有洋房、汽車或別墅、遊艇，過著悠哉遊哉的舒適生活了。

夏天去果園野餐、摘水果、划船、游泳、釣魚，時而在湖邊散步，有時還可去爬山，冬天又可去滑雪、溜冰。尤其在湖邊有棟別墅，哦！多麼詩情畫意的生活。加拿大人這種悠閒安樂的生活，該是多少人所嚮往！

幾乎全世界都打著「節省能源」的呼號，廣告的霓虹燈、街燈都早早熄掉，但是多倫多，却燈火通宵達旦，一幢幢幾十層高大的建築物，燈火輝明，光亮無比。

午餐後往聞名世界的尼加拉瀑希，在途中，艾梅一直沒有停止的介紹。以往旅遊，如果長程坐車，大家都紛紛閉目養神，但是現在，大家都傾聽她的介紹，大家的問題也特別多，但是她一點也不嫌煩，還是一一回答。

「多倫多被妳形容得那麼美，我們都不想走了。」曹文斌說。

「這裏的確很美，你們只停留兩天，實在太短了，不能享受到這裏居民的休閒活動，否則也到果園去摘水果，也去釣魚、划船或野外烤肉，更叫人回味無窮。」

「這裏的果園太大了，有一百十四英畝，種有二萬三千棵以上的各種水果樹和葡萄等，每年六月至十月中旬，果園開放，讓遊客自已動手去採，要成熟的，要生的，隨自已的喜歡，園裏有梯子、箱子和籃子，要採多少？沒有限制，在果園內吃不要錢，只要你的肚子裝得下。我們沒有時間去果園採水果，不過，我會請司機在路旁的水果攤停下來，讓大家嚐嚐果園的新鮮水果，真正是物美價廉。」

在水果攤，大家都買一大袋，這裏的水果是要比店裏的新鮮又便宜，大家買得不亦樂乎。

我們一上車，就大吃特吃，個個吃得頻頻讚美，尤其那暗紅色的櫻桃，真是又甜又脆又爽口，其他還有杏子、李子、桃子和葡萄等，個個叫好。

到達尼加拉瀑布，我們把行李安頓在旅館後，馬上就出來遊歷。

我們隨著人潮前往瀑布，在欄杆邊靜靜的望著萬丈飛濺落、波濤巨浪生的天然奇觀。猶如萬馬奔騰的瀑布，上游是那麼寧靜，到了斷岩之處，平靜的流水突然直洩而下，撞擊到岩石後，造成巨大的水花，滾滾而流，聲勢甚爲浩大，蔚爲奇觀。說話聲音都被隆隆的水聲淹沒了。

我喜歡把自已投入大自然的懷抱，在壯麗的山川、河山，自以爲萬物之靈的「人」，顯得多麼渺小！多與大自然界接觸，心胸開濶，人世間的名、利就不會去計較了。

我們坐纜車到瀑布下游的小碼頭，排隊搭乘汽艇，每位遊客必須穿上雨衣。汽艇來回於萬丈飛瀑之下，愈接近飛瀑，情況愈來愈緊張，開始時，猶如傾盆大雨，漸漸的汽艇搖擺不定，飛瀑濺在身上，再加上巨大的水聲。我們好像在大海中，遇上暴風雨與波濤巨浪奮鬪。過慣了平淡的都市生活，此刻却覺得異常興奮、刺激。每一飛瀑降落，我們顫慄驚叫，許多遊客不管認識與否，驚叫後都互相微笑。

在瀑布的另一邊是美國的紐澤西州，汽艇停靠碼頭時，從美國來的遊客在此上下。此瀑布正好在美、加兩國之間，不過較壯觀的景象是在加拿大這邊，因此美國許多遊客必須到加拿大以便觀賞全景。

瀑布邊還有許多建築物、旅館和遊樂場所，也有很多花圃，栽種著許多奇花異卉，把這周圍點綴得美侖美奐。

晚餐我們在 Skylon 高塔的廻轉餐廳，邊享受晚餐，邊欣賞瀑布飛怒的景觀。廻轉餐廳在旅客們不知不覺的一小時內，剛好轉了一圈，在塔頂俯瞰瀑布全景，所看到的景色又不同於地面上的。

遠處烟峯迷漫，細雨霏霏，在朦朧的天際，掛上一輪彩虹，憑添幾分情趣。

尼加拉瀑布的夜景很美。這裏到處是綠油油的樹葉和鮮艷的花卉，在夜色低垂時，煙霧迷漫，呈現一片朦朧神秘的美。

晚上九點半左右，五彩繽紛的燈光照耀著那雄壯氣魄的瀑布。在不同色彩燈光的照耀下，產生奇特的景象，猶如許多綺麗的少女，穿著艷麗的衣裳，在展露美妙輕盈的舞姿。

我們漫步在瀑布邊，夜深了，遊客漸漸稀少，我們還捨不得離去。走累了，靜靜的坐在路邊的椅子。柔柔的燈光，朦朦的夜色，樹枝隨風輕搖，帶來幾許凉意。

沒有星星，沒有月亮，夜色却更美，我愛漫步在此夜中，尤其身邊有他陪伴，多麼詩情畫意！

我們走囘旅館，還依依不捨，他說：「我們去看艾小姐睡了沒有，如果她還沒睡，我就進去聊天，她蠻健談的。」

我們進門，看她倚立陽台欣賞夜景，看見我們進房，馬上迎過來。

「太晚了，不好意思打擾。」陳立家試探的口氣。

「歡迎！歡迎！還早呢！尼加拉瀑布實在太美了，百來不厭，不管什麼季節來，它總是那麼美！」艾梅笑著說。

「艾小姐是來留學的？」

「不是，結婚後才來的。」

我們由家庭談到事業、興趣等，談得很融洽。

忽然她問我：「妳先生做什麼？是那一行業的？」我有點不高興，但又不能表示出來，我不能對她撒謊，因為她和領隊常有接觸，領隊小馬那兒有全隊的資料。我想她是住在國外，這次見面後就不會再見了，不需要謊說是做生意的，雖然有陳立家在，我遲早會告訴他真相的，因此我老老實實的說：「空軍」。

她有點驚奇的說：「空軍！叫什麼名字？」

陳立家聽到空軍，也用驚疑的目光看我，以前我告訴他，先生是商人，怎麼現在又說空軍。我也看他一眼，心想以後再跟你解釋吧！

本來我對艾梅的印象很好，但現在大打折扣，虧她在外國定居那麼久，也一樣的愛問我先生的事。這是我最討厭人家提問的事，我心裡好不高興，但又不能就此不理她，尤其有陳立家在場，我不願讓他覺得我是個不懂禮貌、沒有風度的女人。心想告訴妳，難道妳認識？真是愛管閒事！我的態度冷漠，口氣冷冷的回答：「他叫劉清泉」。

「什麼？劉清泉?!妳先生叫劉清泉?!哎呀！」

看她那目瞪口呆的驚呀表情，莫非她真的認識劉清泉？

「怎麼這麼巧?!妳就是劉清泉的太太?!哎呀！」她睜著大眼睛盯著我看。「出事的前幾天，我們還一起吃過飯呢！」

她是誰？怎麼會認識我先生？還和他一起吃飯？我滿腦子的疑問。

「妳是誰？怎麼會認識我先生？」現在該我驚奇，該我睜大眼睛盯著她看。

「妳認不認識黃東榮？楊爾平？黃顯榮？林隆憲他們？他們到臺北受訓時，一定會到我家去，哎呀！真…是…的，真沒想到。他們告訴我劉清泉出事，我還不相信呢！看他那胖嘟嘟的福態相，怎麼可能嘛！」

「妳是誰?!怎麼會認識他？」

她沒回答我，只是一味的歎息搖頭，她一連串的提了幾位空軍的名字，他們好像很熟。

「到底妳是誰嘛?!怎麼會認識他們的？」我驚奇、緊張的大聲追問。

她才說：「妳不會認識我的，告訴妳吧！我先生以前也是空軍的，不過沒畢業，可是還常和他們有來往，出差到臺中去，一定會去找他們，他們到臺北，也一定會來找我們。那時，我們剛結婚不久，先生到臺中，我又沒上班，有時也跟去臺中玩，常常到清泉崗去找他們。記得有一次，我們在那裡吃完飯後，大家坐在聊天，劉清泉也在，他給我的印象就是胖胖的福態相，沒想到過幾天，他們有人到大直受訓，在我家吃飯時，說劉清泉出事了，我怎麼都不相信。現在他那福態相還好清楚的在我腦海中呢！」

原來她就是十幾年前，未曾見面的老友，我還能再說謊嗎？在她面前，我不需再偽裝，不需再編造故事。

「妳後來到那裡去了？雖然我們不曾見面，但是我心裡很關心妳，那時妳又那麼年輕，記得那時，孩子又那麼小。」她柔柔的目光，充滿無限關懷，我嘆了口氣。

「說來話長，以前就像一場惡夢似的，這惡夢來得太突然了。他出事那年，我才二十三歲，什麼都不懂，我高中畢業二十歲就嫁給他，什麼事都是劉清泉一手包辦，結婚後他教我煮飯做家事，他上班時，我就自己一個人在家看書等他回來。」

「結婚第三年，他就走了，那時大兒子才一歲半，小女兒才五個月。我嫁給他，從來就不曾想到飛機會出事，心裡完全沒準備。有天下午，我在拔眉毛，隊裡的同事來說，劉清泉出了一點事，我只知道他們的表情凝重，但我不知道多嚴重，我還傻傻的問：『出了什麼事？怎麼不跟你們一起回來？』他們兩人互相看了一下，吱吱唔唔的說：『現在不能回來』。

『明天他總可以回家了吧？』

『明天我們再說吧！』

他們走後，我還繼續的在拔眉毛，現在想想，當時真是幼稚得可憐。」

「第二天，他們來接我去，說劉清泉不能回家，我心裡還在奇怪，到底出的是什麼事，這麼嚴重嗎？長官同事們都用憐憫的眼光看我，有一位說：『已佈置好了』，我們又進到裡面的房間，有點陰暗，看見劉清泉躺在床上和周圍的氣氛，我的天呀!!我才恍然大悟，他們所謂的出事，原來就是說他死了！我怎麼也不能接受這殘酷的事實，我不相信劉清泉已死了。我看見他看到我時，真的動了一下，我哭著大叫『他沒有死，他還會動』。」

「我被他們左右挾著，不讓我靠近他，我歇斯底里的哭叫掙扎：『爲什麼不讓我過去？你們騙我，他根本就沒死……。』我掙扎又掙扎，暈過去了。」

「後來我才知道，爲什麼他們不讓我靠近他，因爲飛機摔下來，他被燒得慘不忍睹，經過化粧後，才讓我遠遠的看他，我一直不相信他死，我真的看見他動。也許他的靈魂知道我去看他，他一定死不瞑目。他常常說我自已還是個孩子，他有三個孩子需要照顧。」

「他走了，我天天哭，以前天要塌下來，我也不會怕，因爲有他在，什麼都依賴他，他一走，我心裡好害怕，恍恍惚惚的，沒有一點安全感，我什麼都不懂，什麼都不會，以前雖已做媽媽了，但是小孩哭了，哄不停，我自已也哭，劉清泉下班回來，又要哄孩子又要逗我這大孩子，他一走，我不知道要怎麼過日子，只知道天天哭，把眼睛都哭腫、哭痛了。」

「每天黃昏時，老大也和隣居的小孩在巷口等爸爸，每天都吵著要爸爸。看小朋友換衣服要到俱樂部去，他也在換衣服，吵著要去俱樂部找爸爸，有時隔壁同事也把他帶去俱樂部玩，我實在受不了，有時我也想走，去找劉清泉，我活得好痛苦，但是兩個小孩怎麼辦？我放心不下孩子，但是我實在沒法再在那眷區住下去了，就搬回員林娘家去住。」

「那時年輕不懂事，自已又還沒成熟，以爲沒有丈夫了，回去依靠爸媽是很自然的事。住了一年，有一天孩子和哥哥的小孩子吵架，無意中聽到我嫂嫂對哥哥發脾氣。『到底你那寶貝妹妹還要住多久？已經回來住一年了，好像還沒有要搬走的意思，難道要在這裡住一輩子！』我才清醒，這個家已經不是我未出嫁的家了，我只能回來做客，他們沒有義務養我，我應該自立，以前我太依賴了，沒結婚前依賴父母，婚後有丈夫，丈夫死了，又想依賴父母。」

「現在我清醒了，我必須自己奮鬪，爲自己的將來開出一條路。主意打定後，但是心裡仍然很害怕。我只高中畢業，沒有一技之長，什麼都不會，往後的日子怎麼過？」

「不是有撫卹金嗎？」艾梅問。

「劉清泉的死，我一直認爲他是被我剋死的，當初他要考空軍時，他父母到廟裡求神拜佛，只要能保佑他兒子平安，兩位老人家願吃終生素。他們的確非常虔誠的吃素，但是我們結婚第三年，他就出事，不是我剋死他們的兒子嗎？劉清泉是老大，還有很多弟弟妹妹，年紀都還很小，我公公婆婆的環境也很苦，負擔很重，我內心對他們老人家總是有內疚，是我這苦命的媳婦剋死他兒子的，所以撫卹金都由婆婆領。後來我自己帶著兩個孩子生活，才知道錢的重要！」

「我有個很要好的同學，她叔叔在桃園開工廠，正需要自己人去管帳，同學就介紹我去，我和父母商量，請他們再幫我幾個月的忙，我自己先去，安頓好後，我就把孩子也接到桃園。」

「我白天上班，就把兩個小孩寄放在附近的隣居，那時我根本不懂得做帳。一個普通高中畢業，妳說能做什麼？我自己買簿記書來看，老板就是我同學的叔叔，也非常同情我的遭遇。我就這樣邊做邊學，摸出點竅門。沒想到後來這家工廠倒了，我也失業了。」

「我心裡好着急，沒有收入，孩子吃什麼？又要付房租，什麼都要錢，我又不能再回到父母家去，不管環境多艱苦，我也得咬著牙根撐下去，還好，我寄託孩子的那家人很好，我把孩子日夜寄在他家，把房子退了。我自已到臺北找事，那時，我好可憐，拿著一份報紙到處去應徵，有時一整天沒吃東西，餓得受不了才買個麵包吃，那時剛好是雨季，長褲都濕了半截，你們知道我住那裡嗎？你們絕對想不到！我捨不得住旅館，晚上我就坐在後火車站裡！在候車室的椅子上過夜！」

艾梅屏息靜聽，滿眶的淚水在眸中打轉。陳立家的表情好複雜，我繼續哽著生硬的聲音說：

「後來在長安西路一家電器行應徵會計工作，只憑以前那一點點的做帳經驗，而找到了工作，所以我做得好賣力、好努力，也很用功的自修。」

「以前人家問我的身世，我總是老老實實的說丈夫死了，後來發現，人家知道我是寡婦後，就對我另眼看待。有些男的，只想佔我便宜，太太們只要聽到我沒有丈夫了，就對我十分警戒，好像我要搶她丈夫似的。店裡來來往往的生意人很多，又大部份是男的，常常被他們糾纏不清，尤其後來，也發現老板對我不太對勁，我想再呆下去，以後一定會有麻煩，就辭職不幹。」

「因爲我省吃儉用的，所以在電器行工作時，儲蓄了一點錢，我想去學一技之長，才是長久之計。就到羅斯福路去學洋裁。因爲有心要學，以前我對服裝就感興趣，所以老師很誇獎，畢業時成績優越。在學習期間，我就已經在一家服裝店工作，我把衣服拿回家做，因爲白天我要上課，晚上一有空就趕著做，賺點錢。」

「我到臺北後，把孩子寄在育幼院裡，每星期去看他們一次，我好感謝那院長，給我幫忙好大，我才能專心學洋裁、賺錢。有一陣子，我營養不良，暈倒過幾次，我只想多存點錢，吃得很簡單。」

「孩子在育幼院很乖，也很懂事，院長、老師們都很喜歡他們，也許他們是在苦難的環境中長大的吧，小小年紀就很獨立，不像我，唉！後來我的經濟好轉，我就把他們接回來，也有能力開店了，現在總算熬出來了，自己也有房子，店也是自己買的，生活得還不錯，孩子也很用功，一個考上建中，一個在北一女。」

「經過幾次不愉快的經驗後，我再也不願讓人家知道我是個沒丈夫的，何況劉清泉還一直活在我心中，所以後來人家問我先生做什麼，我就說出國留學，但是我現在出國旅行，如果說出國留學，人家會奇怪，怎麼一路上都不見我和先生見面，所以我就告訴他們說是做生意的。」

「我從來不帶朋友到家裡去，以前一起學洋裁的朋友，我們處得很好，我比她們大，她們都叫我王姊姊。有一次，她們吵著要到我家去，我就破例的帶她們回家。她們看到梳粧台上劉淸泉的照片，都吃驚的說他怎麼還這麼年輕，我才想到，這十五年來，我的變化好大，我變老了，憔悴了，但是他，還是十五年前的照片，我怎麼能再用那張十五年前的照片呢？我老了十五歲，他也應該老了一點才對呀！所以……。」

我對陳立家說：「很抱歉！在夏威夷時，我請你和我照一張好親蜜的照片，我是想放大後，放在梳粧台上，以後就說那就是我先生。因爲，你實在太像他了。」

「哎呀！對了，我第一眼看到陳先生時，就覺得他好面熟，但是又想不起來陳先生像誰，原來是像劉清泉，對極了，只是陳先生比劉清泉稍微大一號。」艾梅大叫。

「因爲我以前對朋友說，我先生在美國，這次我到美國來，朋友們都替我高興，要我多照一些照片回去，所以在廸斯耐樂園，我又請你同我合照。現在，你知道我的故事了，不會介意吧！」我對陳立家說。

「怎麼會呢？怎麼不早說？」

艾梅看看我們，笑著說：「現在說也不遲嘛！沒有酒，否則真該好好慶祝一下。」

「世界好小！在臺灣時，我們從來沒見過面，却相逢在多倫多！如果不是妳問我先生做什麼，也不會發覺，還不是見見面又分手了，剛才妳一再問我，說真的，我心裡還有點不高興，怪妳多事，幹嘛問那麼多！因爲這十幾年來，我最怕人家問我先生的事。本來，我還想，如果妳問我劉清泉現在呢？我還想說『在飛呀！』沒想到妳還是老朋友，只遺憾當年不認識妳。」

「也許因爲劉清泉摔飛機的緣故，我對飛機好沒有安全感，每次坐飛機，心裡都非常害怕。妳說，劉清泉的長相會是個短命相嗎？我一直認爲他是被我剋死的！」

「什麼時代了，還相信這些！」艾梅說。

「真的！他出事後，我在最沮喪的時候，跑去算命，算命先生問我結婚沒有？我故意說他還在，看他算得準不準？他帶著懷疑的眼光說我不該早婚，要不然就是要夫妻不和睦常常吵鬧。如果夫妻感情好，丈夫就會早死，我愈晚婚愈好，妳看！不是被他說中了嗎？如果我早知道自已的命硬，會剋死他，我一定天天和他大吵大鬧，以保他的生命。公公婆婆爲他吃終生素，還是沒法保住他兒子的性命，我的命實在太硬了，硬是把他兒子給剋死了，我心裡好難過！」

「妳不要太自責，意外事件，誰能避免，心裡不要老想著是妳剋死他的，這些都已過去了，把兒女帶好，劉清泉在天有靈，也會感激妳的！」艾梅說。

「那天本來不該他飛的，有人不舒服，他又是最熱心的，就替人飛，沒想到真做了替死鬼。」

「今晚實在太難得了，把我內心積壓十幾年的往事，全部吐露出來，現在心裡覺得好舒暢！這十幾年來，只要談到有關丈夫的事，我就得編故事、說謊，心裡好不自在，誰會想到王思佳也有一段悲慘可憐、挨餓睡車站的往事!!現在新認識的朋友，都以爲我是出生名門閨秀，是那所大學畢業或從國外留學回來的呢！」

「我是變了，變得前後完全不相同的兩個人，這都是環境逼出來的，以前唸書是爲分數爲考試而唸，但是後來，自已知道所學所知太少，才發奮用功，那時才是真正的爲求知識而唸，心得就完全不同了。」

「有時候，我還會回憶以前那段不知天高、懵懂幼稚的生活，那時真是單純得可憐。自已有了經驗後，不希望孩子像我一樣，所以我培養他們自立。給孩子太多的愛護，不是愛他，而是害了他，在溫室中生長的孩子，一旦遇到逆境，就嚇得驚慌失措，不知怎麼去應付、去生存，我自已就是個很好的例子。所以我教育孩子的方法就完全不同於我小時侯所接受的。現在如果我不幸死了，他們兄妹不會像當年的我那麼悲慘。在物質方面，他們可以過得很舒服，我連遺書都立好了，房地產和存款怎麼分配。在心裡方面，他們有獨立的個性，不會像我以前，好像沒根的浮萍在水上飄浮。」

「妳真是用心艮苦！現在總算苦盡甘來，孩子也大了，往後的日子，也要爲自已着想。」艾梅看了我和陳立家一眼，是否敏感的她，已看出了我們的感情？

「呀！已經清晨四點多了。」我對陳立家說：「你好回房去了，否則人家一定奇怪，以爲你失踪了呢。」

本來他想進來聊天的，沒想到做了一個晚上忠實的聽衆，靜靜的坐在一旁，聽我敍述，我知道他有滿肚子的話要說，但時間不早了，又有艾梅在，我們不便再說什麼了，他不得不起身，道聲晚安，應該說是早安了。

時間在聊天中過得特別快，尤其是在講述舊日的往事，我和艾梅躺下後，兩人都沒有睡意，她問了一下陳立家的背景。現在，我對她有如知已，對她不需有所隱瞞，我坦誠相告，我和他的感情。

「愛情是可遇不可求的，有的人，有心苦苦的在追求愛情，但愛情不一定會來，現在既然來了，就不需關起門把它屏棄在外面。何況，妳也苦了這麼多年，他的事業雖成功，但是他是個極富感情的人，外表雖樂觀，內心却是個很脆弱的人，才會有妳說的在大峽谷找妳雙雙跳崖，以求永恆之愛，你們的來往，我覺得對他是有益無害，最起碼，他的感情有寄託，對他的事業更有幫助，他會覺得活得更有意義。目前，你們的環境複雜，不過，將來孩子們大了，他們也要成家，陳太太也不在了，你們不是就可白頭偕老了嗎？」艾梅說。

「老都老了，」我苦笑的說。

「妳不覺得，老了才更需要老件？」

…………

早餐時，艾梅故意輕鬆大聲的對小馬說：「好巧！我和王小姐原來還是十幾年前早就該認識的朋友！她先生和我先生是朋友，我知道她，但是從來沒見過面，却在這裏認識，你說巧不巧？我們聊了一晚上沒睡，陳先生也是聽衆，聽我們講故事，聽得津津有味，捨不得走。」

我投了她感激的一眼，因為羅太太說陳立家早晨才回房去，他們低頭交耳，自然猜想一定是和我有關。

「從現在到午餐時間，是自由活動，你們還可再去欣賞這馳名世界的尼加拉瀑布。」艾梅宣佈之後，我們三人一起走向瀑布區。

「你們去散步吧！我累了。」她笑著說，就停住脚步。我知道她的用意，在團體面前，她故意和我們一起走，離開他們的視線後，她就退下來，讓我和陳立家單獨在一起。

「艾梅善解人意！」陳立家說。

只要是過來人，誰願當電燈泡？何況，她知道我們下午就要分開，一定有好多話要說。

「佳佳，爲什麼妳也瞞著我？不讓我知道？妳瞞著他們，我不怪妳，怎麼連我也一視同仁？」

「好幾次，我想告訴你，但是話到喉嚨又呑回去了。又因爲我對自己沒有信心、沒有把握，以前人家對我表錯情，我一點都無動於衷，但是遇到你後，我完全反常，我控制不住自己的感情，我知道你有太太，不該愛你，但是我不像以往那麼理智，我知道你也是在矛盾中，愛我又怕會害了我，所以我乾脆不告訴你，他早在十五年前就去世了，這樣你心裏有所顧忌，對我們的感情發展不是比較好嗎？如果你早知道了，我們的感情可能會進展得不可收拾，對不？」

「妳覺得我們不能更進一步？」

「目前我們的環境還不允許。」

「妳的意思是：如果我進一步，妳就退一步？」

「是的，如我進一步，你就要退一步，像跳舞一樣，兩人的脚步永遠一進一退，好像配合音樂的旋律。如果我退一步，你也向後退了，兩人都向後退，自然就沒戲好唱了，如果我向前進，你也向前衝，不是會碰得頭破血流嗎？我不希望我們只是短暫而轟轟烈烈的愛，我希望我們的愛情是細水長流，永遠不渝。」

「佳佳，妳真是位了不起的女性！尤其昨晚聽了妳的故事，我對妳真是肅然起敬，妳吃的苦叫我好感動、好心疼。我要好好愛護妳，不管妳現在已變得多麼堅強、多麼自立！」他深情的注視我：「下午我們就要分開了，雖然只有兩天而已，我心裏真是依依不捨。晚上，我會打電話給妳。答應我！我不在時，要好好注意身體，好好的去玩，知道嗎？」

看著他那多情的眼光，我除了猛點頭外，還能說什麼呢？

我倆倚立欄杆，注視著清澈碧綠的瀑布，猶如一塊天然的翡翠，白得、綠得那麼叫人喜愛。我深深的愛上尼加拉瀑布，它不但美，又壯觀。看看周圍來往不絕的遊客，它極富魅力吸引了世界各地的遊客。

我們隨著人潮，慢慢沿著飛瀑而行，水花隨風飄落，令人心曠神怡。

午餐後，我們坐上遊覽車，遊覽瀑布附近的風景。這裏到處栽種許多鮮花綠草，尤其是花鐘，那厚厚的花圃，顏色十分鮮艷，聽說每兩個星期就更換一次。花草種得很密集，很有立體感。在花鐘的前面周圍，還有一小水池，專供遊客許願投硬幣之用，遊客紛紛擲幣許願。

我也入鄉隨俗的擲下一幣，但願能再重遊這難忘的尼加拉瀑布。陳立家也擲下一枚，要上車時，他輕輕的對我說：「但願下次，我們在此住上一個星期！」

到達水牛城機場，艾梅辦好手續後，同大家一一握別，我們執手淚眼相看，她也是個極富感情的人，緊緊的握住我的手，說不出話來。我也難受得相對無言。

告別了遲遲相識的知己，又要暫時離開陳立家，心中覺得無限惆悵，我微笑向她、他揮揮手，但淚水却在眼中盪漾。

情難捨・相思訴華府

我們到達華盛頓，已近傍晚。還沒到華盛頓時，聽說該市又髒又亂，治安又差，因此心裏多少帶有警惕。但是到了華府，覺得並沒有想像中的那麼可怕。

晚飯後，我回到旅館就沒有再出去，匆匆的洗完澡後，靠在床上邊吃在尼加拉瀑布買的櫻桃，邊看電視。眼睛不時的看手錶，心想陳立家此刻在做什麼？他說要來電話的，所以我一直守在電話旁，傾聽鈴聲響。

電話鈴第一聲還沒響完，我就拿起來，果然是他。

「妳在做什麼？」

「我在想你，一邊吃櫻桃，一邊等你的電話。」

「唔！在吃吃的等啊！」他笑着說：「我不敢太早打來，怕妳還沒回來。」

「早就囘來了，我一吃飽就囘來，急急忙忙的洗好澡，就守在電話旁，我怕你打來時，我剛好在洗澡，聽不到。所以洗得好快。」

「妳還好嗎？」

「我很好，只是心裏覺得寂寞，你呢？」

「還不是跟妳一樣！」

長途電話就盡說一些不關緊要的廢話，說了十來分鐘，還遲遲捨不得說再見，愛情真是令人不可思議！

次日，我們乘着遊覽車遊覽許多地方。

林肯紀念堂，四周圍繞着圓柱，踏上石階，進入紀念堂，裏面寬敞宏大，只有一尊白大理石的林肯坐像，林肯總統雙手放在椅把，高高的坐在椅子上，神態嚴肅沉毅。堂內壁上刻有林肯總統的演說詞。

林肯紀念堂的對面，有一個很大的水池，遠處華盛頓紀念塔，高聳直立，白色錐形的塔影正倒映在水池。水池四周濃蔭蒼翠，氣概雄偉莊宏。

華盛頓紀念塔是一根方柱形，底部稍大，上端漸漸細小，頂端爲錐形，擎天一柱，形式簡單而雄偉。四周濃林密佈，廣大的草坪，常是民衆聚會的場所。路的兩旁，挿立着許多美國星旗，迎風飄搖，氣派非凡。

阿靈頓國家公墓，爲紀念於國家有功勳的人，及戰爭死亡的將士們，皆埋藏於此公墓。公墓內，古木參天，草坪翠綠整潔，寧靜寂祥，充滿莊嚴肅然之氣氛。

在國家公墓後面較高處是甘迺廸總統墓園，前面的石碑上刻有甘氏名言，旁邊有一長方形淺淺的水池，水池裏有許多銅幣，不知是否來此瞻弔的人丟進去的？再由石階而上，是甘迺廸總統的墓碑，雖然十分簡樸，但來此瞻弔的人，大家默默地、安靜地隨着導遊繞過墓地，懷着無限的敬意。

國家公墓最高處，有一座白大理石的墓，是無名英雄墓，內葬有第一次世界大戰時，由法國運回美國的一具無名英雄遺骸。

美國國會大厦，整個建築物爲白石所建，中央穹頂圓形部份共有三層。第一層四周皆爲圓柱圍繞。第二層拱門圍繞。第三層爲穹頂，環繞着橢圓形的窗，再頂上有一圓塔，塔頂立有雕像，整個建築物，巍峨雄偉，走在遙遠的地方仍然可見。

國會大厦的左右兩翼，是參議院和衆議院，皆爲平頂的建築物，我們排隊進入參觀，雖然觀光客很多，但是大家都非常安靜，隨着導遊進進出出於大廳。

晚餐後，我仍然趕回房間去等陳立家的電話。

次晨，我們九點就出發，去參觀歷任總統官邸，一八一四年曾被英軍燒毀，後來將燒焦的石墻塗成白色，故有白宮之稱。

白宮開放時間是星期二至星期六，上午十點至十二點，只可參觀宮內一部份。如果去晚了排到某一地方，警察就叫你明天再來，在警察之前的這些觀光客就是排到午後一點也不用擔心進不去。雖然我們很早就出發，但是其隊伍却排得離白宮好遠，走走停停，排了兩個多小時才算踏進白宮的大門。裏面的陳設，並不如想像中的那麼豪華富麗。

午餐後，又去參觀博物館，裏面展示着有關汽車、火車、飛機的發明。航空博物館都是展示航空太空方面的東西，頗吸引人。

我們要趕四點十五分的飛機，因此三點多就匆匆上車，往機場駛去，告別了華府。

終站紐約・情未了

傍晚，我們到達美國第一大城市——紐約。雖然我是第一次來，但因爲有陳立家在此城等我，一下飛機，就對紐約有股親切感。人的感情多麼微妙。

到達旅館，我東張西望的，雖然知道此時他不可能在旅館。昨晚他在電話中告訴我，今晚要和客戶一起吃飯。但是我的眼睛仍然忙碌的在找尋。

小馬分完房間鑰匙後，交給我一封信，還對我神秘的一笑。我知道是陳立家留給我的信，信封上沒有郵票，直接交給櫃臺，由領隊轉交給我。

我把信放進皮包內，提着手提行李，急着趕快要進入房間內看信，偏偏羅太太囉囉嗦嗦的問一些服裝問題，她想在紐約大買特買，我心裏好不耐煩。「抱歉！等下吃飯時再談好吧？我急着要上『歌廳』呢！」

在夏威夷的導遊講了上「歌廳」的笑話：「有個媽媽帶着兒子回娘家，要出門前，老祖母告訴這小孫子，在外面要小便時，不要說要尿尿，不文雅。要說到歌廳唱歌。晚上，這小孫子跟着外公一起睡，睡到半夜，小孫子把外公吵醒：『阿公、阿公！我想到歌廳去。』外公睡得正熟，忽然被小孫子吵着半夜要去歌廳，真是淘氣！」

『現在這麼晚了，去什麼歌廳？明天才去。』

『不行，我現在就要去，不能等到明天！』

『這麼晚！你去歌廳做什麼？』

『唱歌』。

『大家都在睡覺，你要唱歌？會吵了人家，這樣吧！要唱歌就在阿公的耳邊，小小聲的唱吧！』

從此，我們的旅行團也把洗手間說成「歌廳」。

我進入房間，鎖上門，放下行李，急急忙忙的從皮包取出那封信。心跳得好激烈，就像少女時代收到情書時，那股迫不及待的興奮、害羞的複雜心情。

佳佳，一日不見，如隔三秋，我真正、深深的體會了。

兩天來，見不到妳，好想念！白天我把時間安排得很緊湊，只有晚上才空下來，否則沒有妳的日子就更難過。

晚上和客戶一起吃飯，我會盡快趕回來。生意接洽得很順利，請放心。如果飯後，你們還有節目，妳也一起去吧！我回來找不到妳，會等妳。希望妳玩得愉快。

想妳！

家、

5:40

短短的信，我看了又看，讀了又讀，一個字不漏的讀。看他寫信的時間，他剛離開不久，我們就到達旅館，如果我們早半小時到達的話，就可遇上了，真可惜！

晚飯後，小馬說要到帝國大廈，我猶疑不決。大家都去，只有我一個人急着回旅館，他們一定會想：我是和陳立家約好的，閒話又多了。去呢？心裏真想早點看到他。

小馬不放心我一個人回旅館，淘氣的對我眨眨眼，小聲的說：「來日方長，不急一時！」頓時，我覺得自已好難爲情，連小老弟都看出我的心神不定，我是怎麼搞的？真是被愛沖昏了頭。又不是情竇初開的少女！還這麼沉不住氣？

我隨着大家一起走向帝國大廈，這曾經是世界最高的摩天大樓，位於三十四街與第五街的轉角處（現貿易中心比帝國大廈還高），我們坐高速度電梯而上，到第八十六層樓停下，在四週的眺望臺眺望，俯瞰紐約全市景物，眼底的人物、車輛如同在飛機上所見的渺小。再換電梯可直衝一〇二層，也就是摩天大樓的頂層。只覺耳膜震動，舉目四望，北區中央公園碧綠如茵。東北區巨廈林立，東江蜿蜒如帶，隔江的皇后區煙雲迷漫。西南街市連綿，遠處的自由女神還隱約可見。望西赫德遜河流水悠悠，登此摩天大樓，欣賞紐約的黃昏之美，景物絕非尋常。

我們從電梯下來，陳立家早已站在門口等我們，他意外的出現，我心裏爲之一震！

大家吒異的同時問：「你怎麼知道我們在這裏？」

「猜的！我想飯後，你們一定會到帝國大廈來看紐約的全景。」

陳立家的出現，頓時覺得心曠神怡，微笑即刻展露在我臉上，心裏驚喜萬分，但在大家面前，又不便表露出來。他和大家寒喧，小馬走過來，對我神秘一笑，悄悄的說：「妳看吧！剛才如果同旅館去，不是陰錯陽差嗎？」

陳立家的出現，不僅我欣喜歡笑，全體的氣氛也變得十分熱鬧和愉快。大家慢慢的逛回旅館。在大廳裏，他叫我先上樓，便走過去和小馬、曹文斌一夥人小聲的，不知在討論什麼？

我在櫃臺取了鑰匙就上樓，過一會兒，有人敲門，我知道一定是他上來了，光着脚就跑去開門，果然不錯，他一進門，就把我抱進懷裏，依偎在他的懷裏，好有安全感。

「隔壁是誰？」他問。

「左鄰是羅平夫婦，右鄰好像是林俊生他們吧。」

「怎麼正好夾在他們中間？」

「小馬大概怕我一個人害怕吧！」

他馬上就把房門打開，我知道他的用意，他是爲我着想，免得人家說閒話，孤男寡女的關起門，人家愛怎麼說？跳進黃河也洗不淸。

「你怎麼會到帝國大廈的？本來我想不去，早點囘來的，後來被小馬取笑，我才去的呢！」

「心電感應，再憑以前到紐約的經驗。第一天幾乎都是先高登摩天大樓看全景。所以就過去碰碰看，我問售票員，他說有一團東方人上去，我猜一定是你們，我怕我上去，你們剛下來，碰不到，乾脆就在下面等。」

他又問我華盛頓的情形，我問他生意接洽得如何？雖然只有兩天的分離，好像分開好久好久似的，有說不完的話，我倆在一起，話特別多，好像永遠說不完、訴不盡。

他對我非常坦誠，內心裏不管有什麼秘密都告訴我，我對他也十分信賴，毫不隱瞞的道出我的心聲。我慶幸我逢知已，又得愛情，我們不再寂寞了。

本來以爲是寂寞的旅遊，沒想到在旅途中，兩顆寂寞的心，却心心相印。囘顧我們的相遇，時間短暫，感情却已根深蒂固，在心靈上已是無法分離。

小馬從我房間走過，我剛好也往門外瞧，他又走囘來，看我和陳立家在聊天。

「怎麼？相思訴未了？」他笑著說。

「你要不要加入？」我們三人都笑了。

「他們呢？」陳立家問。

「把他們送去了，我先回來，叫他們自己回來，我累死了。」當領隊真不簡單。

「明天怎麼？參不參加 tour ？」小馬問他。

「明天還不行，我想跟你們一起回去，我得要趕緊把業務接洽好。明天你們的行程，晚餐在那裏吃？告訴我，我的事一完，我去和你們會合。」

「你不在，王小姐那有心觀光啊?!」

「小馬，你可別亂講話唷！」

「這裏沒有別人在，我才說的，妳還不承認？剛才我們從電梯下來，妳一看到陳先生，眼睛頓時發亮，馬上就笑咪咪的，妳還否認？」小馬笑著說。

「小老弟可真不含糊呀！」我不得不佩服小馬的目光銳利。

「說真的，我很欣賞你們這一對，坐飛機時，總是讓你們坐在一起！飛機聲音那麼大，你們盡可放心的耳邊細語，沒人聽見你們的悄悄話。」我和陳立家相望微笑。

「多謝小老弟的安排囉！」陳立家說。

「不必客氣，我是由衷的欣賞你們。」他對著我說：「有人暗戀妳唷！我勸他打消念頭，免了罷，陳大哥，你可要盯牢一點喲！」

「這還用說嘛！」

「王小姐，妳有沒有妹妹還沒出嫁的？」

「怎麼？想做我妹夫？太遲了，可惜我的女兒又太小了。」我們又哈哈一笑。

時間不早了，他們走後，我躺下來輾轉不能入睡。

次晨，我們搭遊覽車到碼頭，去乘渡輪環遊紐約市區，在渡輪上，導遊一一介紹那高聳的建築。自由女神聳立在赫德遜河出海的小島上。自由女神莊嚴神聖的高擧自由火炬，巍然聳立著，在遙遠的地方還能看到。

自由女神是法國人慶賀美國獨立革命成功，特地設計製作，由法國千里迢迢的運到美國，為增進兩國的友誼，這項運輸工程實在太浩大了。

要參觀自由女神，我們排隊坐電梯而上，在女神的頭部，來回穿梭在眉目耳鼻之間，由此又可遙望紐約的景色，盡在烟霧茫茫中。

從自由女神下來後，在小島上想以女神為背景，留下紀念鏡頭，費了不少工夫，因為女神太高了，很難攝下全景，小馬躺在草地上，才替我照下了幾張以女神為背景的照片。

世界貿易中心，位於華爾街西北端，建在一片廣大的土地上，這是美籍日裔的建築家設計的雄偉大厦，是目前紐約最高的摩天大樓，高四百十一公尺，地下有六層，地上有一百十層，南塔的第一一〇樓上有展望台，北塔第一〇七樓上有展望餐廳，二處都可眺望紐約的街景。

華盛頓廣場是一座綠意盎然的大公園，位於第五街之南端，周圍是紐約大學的建築物，這座廣場不但是附近居民休憩的場所，同時也成了紐約大學的校外園地。週末時，常有音樂家在此演奏，自娛娛人。格林威治村的居民和藝術家也經常聚集在這廣場。

格林威治村位於第五街的南端，以華盛頓廣場爲中心，從前是默默無聞的藝術家們居住的波西米亞區。如今這一帶仍然存有濃厚的藝術氣氛。

百老滙大道，由北而南，斜畫過曼哈坦，它的中心地帶在第四十三街和第四十七街之間，恰好與第七街交叉，有名的劇場、音樂廳和電影院密集在此。當夜色迷茫之際，霓虹燈光閃爍，遊客熙來攘往，熱鬧非凡。

時報廣場，以百老滙大道和第七街爲中心，聞名世界，不僅是居民休憩的場所，更是市民集會活動的地方，夜總會、劇場、高級餐廳等聚集在此。夜間的霓虹燈，閃爍明滅，絢爛輝煌，又有「不夜城」之稱。

洛克斐勒中心，總面積五萬五百八十七平方公尺的洛克斐勒廣場，除了原有的十八棟大厦外，近年又增建了一些現代化的建築。最初建於一九二二至一九三九年之間，是文化與科學的結晶，除了娛樂設備外，這裏集合了各種公司和社團的辦公室，被稱爲全美的實業和科學的先端。此地有無線電城音樂廳、RCA大厦、不列顛帝國大厦、時代和生活雜誌大厦、合衆社大厦等。洛克斐勒廣場，到處是豎有彩色大傘的咖啡座。各棟大厦之間，彼此相連，都有地下道聯絡，呈現立體的結構，象徵著人類智慧和科技進步結合的偉大景觀。

聯合國總部，面對著東河，在四十二街和四十八街之間，佔地約七萬三千平方公尺，這座大厦造型新穎，設計成矩形，不同以往的摩天大樓。

哈林區位於中央公園北端，在一一〇街與一五五街之間。西至多倫比亞大學附近的晨間公園，東至第五街和哈林河一帶，是有名的黑人區，過去是紐約最雜亂的地方，也是酒精中毒和麻醉品中毒的患者集中地，犯罪事件層出不窮。我們的遊覽車只從此區經過，並沒停下來。坐在車上，個個心中還忐忑不安。聽說近年來，在政府努力改進下，環境已漸漸改善。

晚餐後，大家想去無線電城音樂廳，這不在我們旅行項目，必須自己付錢，不過小馬可以先爲我們訂票。這世界最大的戲院不去錯過了，太可惜！大家都興緻勃勃的參加，正要離開餐廳時，陳立家來電話，小馬告訴他我們將去無線電城，約好在那見面。

我知道陳立家也要一起去，內心欣喜萬分，也踏實多了，否則一直東張西望的坐立不安。

我們到達無線電城，陳立家已先我們而到。這世界最大的劇場，可容納六千二百人，劇場分四層樓座，演出的節目有三部份。無線電城音樂廳的交響樂團，擁有一百多名團員，水準素質極高，是馳名世界的樂團。歌舞節目也是世界之冠，數百名美女，姿容端麗，羽衣雲裳，載歌且舞，美的姿勢，美的旋律，令人難忘！電影部份，銀幕寬敞高大，映出各種名片。無線電城音樂廳的音響極佳，集視、聽之大成，窮聲色之美。

在紐約的第三天，早上坐車市內觀光，中午在唐人街吃午飯後，整個下午都是自由活動。明天就要離開紐約回臺灣了，大家都忙著採購，準備帶回去送人的禮物。

陳立家的業務都接洽好了，今天整天和我們一起，午飯後，遊覽車開回旅館，因附近有幾家大百貨公司，大家可大買特買一番。

收集新穎的高級服裝，也是我旅行的目的之一。陳立家對紐約熟悉，他陪我到第五街逛，這裏的服裝設計新穎，陳列在橱窗中或穿在模特兒身上，真是引人注目，我一件件的試穿，他耐心的等待，當我穿出來時，他總投以讚美的目光，不住的點頭叫好。我們兩人都抱得滿滿一大袋，把它送回旅館，又出來到旅館附近的梅西（Macy's），我給兒子女兒買了不少禮物。

陳立家也要我替他選給他的兒子女兒的：「有妳這位參謀，這次他們一定不會再嫌我買的不合他們的意了。珊珊如果知道是妳這位專家阿姨替她選的，一定很高興。」

「女孩子嘛，誰不愛漂亮？」

「以後我可以帶她到妳店裏去嗎？」

「你覺得可以的話，當然歡迎。」

「妳也替我各選一件給妳的孩子，算是我送他們的禮物。」我微笑的看他：「那我也得送珊珊他們囉！」

「怎麼？交換禮物呀？」我們都笑了。

離開紐約前夕，又在唐人街吃飯，今天也是我們旅行的最後一天，小馬加菜又請酒。

時間過得真快，二十幾天的北美之遊，就這樣匆匆而過，我們這團本來不認識的一羣陌生人，如今都變成朋友，臨別依依，個個感嘆光陰飛逝，雖然大家舉杯祝福，却滿懷惆悵，離別的滋味並不好受，天下沒有不散的宴席，又再次的體會。好在陳立家是跟我一起回去，如果他照原來的計劃留下來的話，此刻我的心情就不會這麼輕鬆，不知是何等苦楚！

紐約是我們旅途的終站，有的人要留下來繼續遊玩，有的要留下來看兒女，有的要看朋友，因此跟小馬回去的只有我、陳立家、羅平夫婦和王德敏六個人而已。

晚上在餐桌上，大家的話題顯得特別多，也格外親切，約好兩個月後，大家都已先後回臺了，由小馬召集大家相聚，彼此交換照片，不管住在中部或南部，一律出席參加。晚餐就在大家依依不捨的氣氛下結束，互道珍重，回臺灣再見！

愛需要犧牲，愛也要忍耐

早上十點，飛機由紐約甘迺迪機場起飛，往西飛行，一直是白晝，在機上，我和陳立家坐在一起，始終情話綿綿。

放電影時，我們沒租耳機，寧可聊天，我們的話太多了永遠訴不盡，道不完。他握著我的手，深深的凝視我：「好快！二十幾天一下子就過去了。人在歡樂中日子過得特別快，如果這旅行永遠沒有終站，該有多好！」

「不是說天下無不散的宴席嗎？遲早總有一天要結束的。你相信緣份嗎？本來我的手續早就辦好了，延了好幾次，沒想到參加這團遇見你，如果當初我沒延期的話，就不會認識你了。」

「我也是因爲林董事長再三的要我參加，否則我從來都是一個人跑的，囘去真該謝謝他了。」

「你想小馬囘去，會不會說什麼？」

「看樣子，如果他說了，也會很小心的，不會到處宣傳吧！妳擔心什麼？現在又沒人會揍我？」看他笑，我也笑了，本來他以爲劉清泉還在，跟我親近會挨揍，也擔心我的婚姻會有問題，如今知道他早已不在人間，心裏自然不用顧忌。

「你會不會因爲我們的相識，對你太太有影響？」

「這妳放心，我早就對妳說過，我對她雖早已無愛情，不過還有夫妻之情，不管她變得多惹人煩，我還是有義務要照顧她，何況她還替我生了一對兒女。我這邊的事，妳不用擔心，原先我只擔心妳那邊，現在知道他早就不存在了，妳還有什麼顧忌？說真的，在尼加拉瀑布之前，我還不知道他的事，我曾經自私的想，如果要擁有妳，只有跟妳跑到遠遠的地方，我們重新另築一個小窩，過著我們的生活。」

「你是說私奔？怎麼會有這念頭?!我愛你，一點都不假，但是叫我拋棄我目前的一切，跟你跑得遠遠的去過日子，你想，我們會幸福嗎？你不會想念你的兒女嗎？我也會想念他們。剛開始也許我們都不想表露出來，但是日子久了，我們倆人內心無法消除思念兒女之情，再加上原來甜蜜的愛情，隨時間漸漸退色，還能保證我們的生活會幸福？會快樂？何況這樣，他們都會恨我們一輩子，我更是罪惡萬極，害你丟下久病的妻子。」

「我不能不承認，我有這種想法的確很自私。有時候，我覺得自己活得好累好苦，表面上，以我現在的環境，我是應該生活得很不錯，但是我精神上的苦悶，誰知道？誰瞭解？我在情緒惡劣時，曾經有個念頭，拋棄一切，遠離現實生活。」

「到山上修道？現在還去不去？你去當和尚，我也去當尼姑。」

「現在不去了，六根未淨，當花和尚？」

「我覺得，你的感情變脆弱的，又是個重感情的人。」

「我是相當重感情，以前沒遇到妳時，心裏很空虛、很寂寞，儘管我的外型樂觀，但是實際上，內心並不如此，以前我不是說過嗎？一個內心痛苦的人，外表往往裝著很樂觀的樣子。我對愛情非常認識，只要和相愛的人在一起，就是粗茶淡飯也是其樂融融。我對太太的愛，因她的無理取鬧，我的忍氣吞聲，她變本加厲，那絲絲僅有的愛都被消滅後，我非常痛苦，也去喝酒、玩女人，想麻醉自己，但是當醒來後，心裏更加悔恨。」

「我知道你本性善良，在我一生中，雖然出現在我身邊的男孩不少，但是婚後，你是第一個進入我心扉的。當初，我對你的感情，也許是因爲你太像清泉，我把你想像成他的影子，你不介意吧？但是後來，我知道我愛你，並不完全是因爲你像他，你有你自己獨特的個性，在大峽谷時，你要我和你一起跳下去得永恆之愛，我知道你也是個內心寂寞的人，我又何嘗不是？不管我們的事業多成功，賺多少錢，兒女多孝順，但是內心裏，總有一分寂寞空虛之感。我也是愛情主義者，沒有愛的生活，多枯燥無味，多難耐？父母、子女、親友的愛，到底與丈夫情人的愛不同。這十五年來，我雖然渴望愛情，但是我並沒有隨便去接受我不愛的愛情。只有對你這麼特別，接受得那麼快，同時也付出了。以前，我只知道被愛，被愛是幸福的，我只願被愛。」

「妳不覺得去愛人也是幸福的？」

「我覺得去愛人很痛苦。」

「妳錯了，去愛一個自已所愛的人，怎麼是痛苦的呢？妳不能這樣貪得無厭，只想取得而不給予。」

「遇到你後，我的觀念改變了，以前我是只知道取得，而體會不出給予的樂趣，也以爲愛情一定要佔有對方，我體會不出愛是犧牲，愛是奉獻。現在，當這第二次的愛情再來臨時，也許我已成熟了，也許我的見識增廣，我對愛情的定義改變了，我深深的體會，眞正的愛是犧牲是奉獻，而不一定要佔有。最主要是兩人心靈上擁有對方，就是在天涯海角，也覺得好接近。以前，我怕因爲我的關係使你對太太會有影響，現在，我放心了，我瞭解我在你心中的分量，我在你心中佔了極重要的分量，雖然我們不能在一起，但這就夠了。而你對她還是會像往日一樣的盡丈夫的義務，你的人是屬於她的，但是我得了你的心，你的心是屬於我的，就是朝夕不能與你相處，又有何妨？我說過，回去後，你忙你的事業，我忙我的。空暇時，我們見見面，分享對方的歡樂，也分擔彼此的苦悶，對我們的事業、工作效率一定大有幫助。」

「這樣太委屈妳了。」

「不要這麼說，只要我們相愛，這點算什麼？」

「要等待何時，我們才能一起生活呢？」

「將來我們的子女都成家立業了，他們懂得愛的真諦，會諒解我們的感情，那時她也不在了，我們的責任完了，不是還可携手並肩散步嗎？」

「那時妳不嫌我是個老頭？」

「那時我不也是個老太婆？真正的愛情，不在乎年齡，就是頭髮白了，牙齒掉了，兩個人還手牽手的說：『我愛你』，多美呀！」

「聽妳這麼說，我也豁然開朗，滿懷希望的等待，我的生活充滿著愛，我的生命更加有意義了。以後，每天一上班，我就打電話給妳，告訴妳我當天的行踪，早上我通常在公司，下午大部份到工廠，除每天早上給妳電話外，一有空，我再打電話給妳。」

「每個人都像我們這樣，電信局可有生意啦。」

擴音機廣播桃園中正機場就要到了，飛機馬上就要降落，雖然覺得心中擁有他，不再空虛，不再寂寞，但是馬上就要分離了，言有未盡，情有難捨，以後再也不能像旅遊時，天天朝夕相見，儘管他答應每天以電話問候，但離別就在眼前，視覺仍然免不了模糊，鼻子陣陣發酸，他緊緊的握住我，旋過頭無限深情的凝視我，我抿嘴輕輕一笑，勉強抑制著盈眶的淚水流下，內心喃喃道：「愛需要犧牲，愛也要忍耐！」

滄海叢刊已刊行書目(三)

書名	作者	類別
野草詞	章瀚章	文學
現代散文欣賞	鄭明娳	文學
藍天白雲集	梁容若	文學
寫作是藝術	張秀亞	文學
孟武自選文集	薩孟武	文學
歷史圈外	朱桂	文學
小說創作論	羅盤	文學
往日旋律	幼柏	文學
現實的探索	陳銘磻編	文學
金排附	鍾延豪	文學
放鷹	吳錦發	文學
黃巢殺人八百萬	宋澤萊	文學
燈下燈	蕭蕭	文學
陽關千唱	陳煌	文學
種籽	向陽	文學
泥土的香味	彭瑞金	文學
無緣廟	陳艷秋	文學
鄉事	林清玄	文學
余忠雄的春天	鍾鐵民	文學
卡薩爾斯之琴	葉石濤	文學
青囊夜燈	許振江	文學
我永遠年輕	唐文標	文學
分析文學	陳啓佑	文學
思想起	陌上塵	文學
心酸記	李喬	文學
離訣	林蒼鬱	文學
孤獨園	林蒼鬱	文學
韓非子析論	謝雲飛	中國文學
陶淵明評論	李辰冬	中國文學
文學新論	李辰冬	中國文學
離騷九歌九章淺釋	繆天華	中國文學
累廬聲氣集	姜超嶽	中國文學
苕華詞與人間詞話述評	王宗樂	中國文學
杜甫作品繫年	李辰冬	中國文學
元曲六大家	應裕康 王忠林	中國文學
林下生涯	姜超嶽	中國文學
詩經研讀指導	裴普賢	中國文學
莊子及其文學	黃錦鋐	中國文學

滄海叢刊已刊行書目（四）

書名	作者	類別
清真詞研究	王支洪	中國文學
宋儒風範	董金裕	中國文學
紅樓夢的文學價值	羅盤	中國文學
中國文學鑑賞舉隅	黃慶萱 許家鸞	中國文學
浮士德研究	李辰冬譯	西洋文學
蘇忍尼辛選集	劉安雲譯	西洋文學
文學欣賞的靈魂	劉述先	西洋文學
現代藝術哲學	孫旗	藝術
音樂人生	黃友棣	音樂
音樂與我	趙琴	音樂
爐邊閒話	李抱忱	音樂
琴臺碎語	黃友棣	音樂
音樂隨筆	趙琴	音樂
樂林蓽露	黃友棣	音樂
樂谷鳴泉	黃友棣	音樂
水彩技巧與創作	劉其偉	美術
繪畫隨筆	陳景容	美術
藤竹工	張長傑	美術
都市計劃概論	王紀鯤	建築
建築設計方法	陳政雄	建築
建築基本畫	陳榮美 楊麗黛	建築
中國的建築藝術	張紹載	建築
現代工藝概論	張長傑	雕刻
藤竹工	張長傑	雕刻
戲劇藝術之發展及其原理	趙如琳	戲劇
戲劇編寫法	方寸	戲劇

滄海叢刊已刊行書目（二）

書名	作者	類別
印度文化十八篇	糜文開	社會
清代科學	劉兆璸	社會
世界局勢與中國文化	錢穆	社會
國家論	薩孟武譯	社會
紅樓夢與中國舊家庭	薩孟武	社會
財經文存	王作榮	經濟
財經時論	楊道淮	經濟
中國歷代政治得失	錢穆	政治
先秦政治思想史	梁啓超原著 賈馥茗標點	政治
憲法論集	林紀東	法律
憲法論叢	鄭彥棻	法律
黃帝	錢穆	歷史
歷史與人物	吳相湘	歷史
歷史與文化論叢	錢穆	歷史
中國人的故事	夏雨人	歷史
精忠岳飛傳	李安	傳記
弘一大師傳	陳慧劍	傳記
中國歷史精神	錢穆	史學
中國文字學	潘重規	語言
中國聲韻學	潘重規 陳紹棠	語言
文學與音律	謝雲飛	語言
還鄉夢的幻滅	賴景瑚	文學
葫蘆・再見	鄭明娳	文學
大地之歌	大地詩社	文學
青春	葉蟬貞	文學
比較文學的墾拓在臺灣	古添洪 陳慧樺	文學
從比較神話到文學	古添洪 陳慧樺	文學
牧場的情思	張媛媛	文學
萍踪憶語	賴景瑚	文學
讀書與生活	琦君	文學
中西文學關係研究	王潤華	文學
文開隨筆	糜文開	文學
知識之劍	陳鼎環	文學

滄海叢刊已刊行書目(一)

書名	作者	類別
中國學術思想史論叢 (一)(二)(三)(四)(五)(六)(七)(八)	錢穆	國學
兩漢經學今古文平議	錢穆	國學
湖上閒思錄	錢穆	哲學
中西兩百位哲學家	鄔昆如 黎建球	哲學
比較哲學與文化(一)	吳森	哲學
比較哲學與文化(二)	吳森	哲學
文化哲學講錄(一)	鄔昆如	哲學
哲學淺論	張康譯	哲學
哲學十大問題	鄔昆如	哲學
老子的哲學	王邦雄	中國哲學
孔學漫談	余家菊	中國哲學
中庸誠的哲學	吳怡	中國哲學
哲學演講錄	吳怡	中國哲學
墨家的哲學方法	鍾友聯	中國哲學
韓非子哲學	王邦雄	中國哲學
墨家哲學	蔡仁厚	中國哲學
希臘哲學趣談	鄔昆如	西洋哲學
中世哲學趣談	鄔昆如	西洋哲學
近代哲學趣談	鄔昆如	西洋哲學
現代哲學趣談	鄔昆如	西洋哲學
佛學研究	周中一	佛學
佛學論著	周中一	佛學
禪話	周中一	佛學
天人之際	李杏邨	佛學
公案禪語	吳怡	佛學
不疑不懼	王洪鈞	教育
文化與教育	錢穆	教育
教育叢談	上官業佑	教育